KALLOCAÍNA

KALLOCAÍNA

Karin Boye

TRADUZIDO DO SUECO POR
Janer Cristaldo

Aleph

Kallocaína

TÍTULO ORIGINAL:
Kallocain

COPIDESQUE:
Hebe Ester Lucas

REVISÃO:
Thaís Carvas
Thaís Lima

CAPA:
Guilherme Manzi

DADOS INTERNACIONAIS DE CATALOGAÇÃO NA PUBLICAÇÃO (CIP)
DE ACORDO COM ISBD

B791k Boye, Karin
Kallocaína / Karin Boye ; traduzido por Janer Cristaldo. - São Paulo, SP : Editora Aleph, 2024.
264 p. : il. ; 14cm x 21cm.

Tradução de: Kallocain
ISBN: 978-85-7657-595-5 (capa dura)
ISBN: 978-85-7657-615-0 (brochura)

1. Literatura sueca. 2. Ficção científica. 3. Distopia. I. Cristaldo, Janer. II. Título.

2023-3406 CDD 839.7
CDU 821.113.6

ELABORADO POR VAGNER RODOLFO DA SILVA - CRB-8/9410

ÍNDICES PARA CATÁLOGO SISTEMÁTICO:
1. Literatura sueca : ficção 839.7
2. Literatura sueca : ficção 821.113.6

Aleph

Rua Bento Freitas, 306 - Conj. 71 - São Paulo/SP
CEP 01220-000 • TEL 11 3743-3202
www.editoraaleph.com.br

@editoraaleph
@editora_aleph

KALLOCAÍNA

1

Este livro que me proponho a escrever parecerá sem sentido para muitos – se ao menos ouso pensar que "muitos" poderão lê-lo –, pois o iniciei espontaneamente, sem ordens de ninguém e, no entanto, nem eu mesmo sei qual é o meu objetivo. Quero e preciso, isso é tudo. Pouco a pouco, inexoravelmente, acabamos nos perguntando pelo objetivo e método do que fazemos e dizemos, para que palavra nenhuma caia ao azar – mas o autor deste livro foi forçado a tomar o caminho oposto, em direção ao inútil. Pois apesar de meus anos aqui como prisioneiro e químico – mais de vinte, penso – terem sido suficientemente cheios de trabalho e pressa, algo me disse que isso não era o suficiente e me conduziu a vislumbrar um outro trabalho dentro de mim, que eu pessoalmente não tinha possibilidade de descobrir, embora estivesse profunda e dolorosamente interessado nele. Esse trabalho estará concluído quando eu tiver escrito meu livro. Percebo também quão absurdos parecem meus escritos aos pensadores racionais e práticos. Mesmo assim escrevo.

Talvez não tivesse ousado antes. Talvez tenha sido o aprisionamento que me tornou frívolo. Minhas condições de vida agora pouco se diferenciam de quando vivia como homem livre. A comida apresenta-se um pouco pior aqui; com isso a gente se acostuma. A maca é um pouco mais dura que a minha cama, em casa, na Cidade Química nº 4; com isso também a gente se acostuma. O pior foi a perda da minha esposa e de meus filhos, principalmente porque nada soube nem sei de seus destinos; isso encheu meus primeiros anos na prisão de inquietude e angústia. Mas com o correr do tempo, comecei a me sentir mais tranquilo que antes, e inclusive a gostar mais e mais de minha existência. Aqui, nada me inquietava. Não tinha subordinados nem chefes, exceto os vigias da prisão, que raramente me atrapalhavam e apenas se preocupavam em saber se eu tinha seguido as regras. Não tinha protetores nem concorrentes. Os cientistas com quem às vezes me reunia para acompanhar novas experiências no campo da química me tratavam com polidez e objetividade, ainda que condescendentes em razão de minha nacionalidade estrangeira. Sabia que ninguém julgava ter razões para me invejar. Em suma: de certa forma, podia me sentir mais livre do que em liberdade. Mas, junto com a tranquilidade, crescia também em mim este estranho trabalho com o passado, e não posso aspirar a nenhuma calma antes de ter escrito as memórias de um período movimentado em minha vida. A possibilidade de escrever me foi dada em razão de meus trabalhos científicos, e o controle se exercia apenas quando eu entregava um trabalho pronto. Posso assim dar-me esta única alegria, embora talvez seja minha última chance.

Na época em que meu relato começa, eu me aproximava dos quarenta anos. Se, de resto, preciso me apresentar, posso talvez falar sobre a imagem que faço da vida. Existem poucas coisas que me digam mais sobre um homem que sua concepção de vida; se a vê como um caminho, um campo de batalha, uma árvore que cresce ou um mar tempestuoso. De minha parte, vejo a vida com os olhos ingênuos de um colegial, como uma escada por onde subimos de degrau em degrau, tão rápido quanto possível, com a respiração curta e os adversários nos calcanhares. Na verdade, eu não tinha adversários. A maioria de meus colegas do laboratório havia dirigido todas as suas ambições para o serviço militar e viam o trabalho diário como uma desagradável interrupção daquele serviço. Pessoalmente, não queria confessar a eles que estava mais interessado em minha química do que na carreira militar, embora estivesse consciente de não ser um mau soldado. Seja como for, eu subira em minha escada. Sobre quantos degraus deixara para trás, jamais havia pensado, tampouco no que de esplendoroso poderia existir no topo. Talvez imaginasse nebulosamente a casa da vida como uma de nossas casas da cidade, por onde se subia do interior da terra até chegar ao terraço, ao ar livre, ao vento e à luz do dia. O que corresponderia à luz e ao vento em minha peregrinação pela vida, não faço ideia. Sabia apenas que cada avanço de degrau era indicado por curtos comunicados oficiais de escalões superiores sobre um exame realizado, uma prova superada, uma transferência para um campo de atividades mais significativo. Eu tinha uma longa série desses vitais pontos de partida e chegada atrás de mim, embora nem tantos para que um novo fosse ofuscado. Por isso eu voltara com uma gota de febre no sangue do curto telefonema que me comunicara que poderia esperar meu chefe no dia seguinte e assim começar experiências com material humano. No dia seguinte aconteceria, então, a prova de fogo da minha até agora invenção.

Eu estava tão animado que foi difícil começar algo novo durante os dez minutos que ainda restavam de trabalho. Em vez disso, sabotei um bocado do serviço – acredito que pela primeira vez em minha vida – e comecei a instalar antecipadamente a aparelhagem, com vagar e cuidado, enquanto olhava de soslaio para ambos os lados, através das paredes de vidro, para ver se alguém me vigiava. Tão logo a campainha anunciou o fim da jornada, avancei rapidamente pelos corredores, entre os primeiros da torrente. Tomei uma ducha rápida, troquei as roupas de trabalho pelo uniforme de lazer, corri ao elevador e parei na rua segundos depois. Como recebera a residência em meu distrito de trabalho, tinha licença para ir à superfície e sempre aproveitava para dar uma esticada ao ar livre.

Em frente à estação de metrô, pensei que poderia esperar Linda. Como era bastante cedo, ela certamente ainda não tivera tempo de chegar em casa, cerca de vinte minutos de metrô da fábrica de alimentos onde trabalhava. Um trem acabara de chegar, e um rio de gente jorrou da terra, afunilou-se entre os portões de saída onde as licenças de superfície eram controladas, e espalhou-se pelas ruas próximas. Além das plataformas agora vazias, além das persianas cinza-montanha e verde-grama levantadas, que em dez minutos poderiam camuflar a cidade, tornando-a invisível, contemplei a multidão formigante de cidadãos-soldados em uniforme de lazer que retornavam para casa, e de súbito pensei que talvez todos alimentassem o mesmo sonho que eu: sonhavam com o caminho mais para o alto.

A ideia foi fulminante. Sabia que no passado, durante a época civil, os homens tinham de ser atraídos ao trabalho e à fadiga com a esperança de residências mais espaçosas, comida melhor e roupas mais bonitas. Agora nada disso era necessário. O apartamento modelo – um quarto para os solteiros, dois para as famílias – satisfazia a todos, desde os mais modestos aos mais merecedores. A comida das cozinhas centrais alimentava tão bem o general quanto o recruta. O uniforme geral – um para o trabalho, um para o lazer e outro para o serviço militar e policial – era igual para todos, tanto homens quanto mulheres, superiores e subalternos, exceto quanto às distinções de grau. Inclusive este não era mais pomposo para o primeiro do que para o segundo. O desejável em um grau mais alto estava apenas naquilo que simbolizava. Continuei feliz pensando em quão altamente espiritualizado é cada cidadão-soldado do Estado Mundial, que aquilo entendido como o mais alto valor da vida se concretiza com três divisas pretas no braço – três divisas pretas que são para todos uma garantia, tanto para a autoestima quanto para o respeito de outrem. É possível ter bem-estar material suficiente e mais que suficiente – exatamente por isso suspeito que os apartamentos de doze quartos dos antigos civis capitalistas eram pouco mais que um símbolo –, mas o mais sutil de todos, que se persegue sob a forma da distinção de grau, não dá a ninguém mais comida. Ninguém alcança tanta consideração e autoestima a ponto de não desejar alcançar mais. No mais espiritualizado, no mais etéreo e inacessível de tudo, repousa nossa ordem estabelecida, tranquila e fixa por todos os tempos.

Assim meditava eu na saída do metrô e via como em um sonho o vigia ir e voltar ao longo dos pontiagudos muros do distrito. Quatro trens haviam chegado, quatro vezes a multidão jorrou na luz do dia, quando finalmente Linda passou pelos controles. Apressei o passo e continuamos lado a lado.

Naturalmente não podíamos falar devido aos exercícios aéreos das esquadrilhas, que dia e noite impediam que se mantivesse qualquer conversa fora de casa. Em todo caso, ela viu minha fisionomia alegre e me cumprimentou com um aceno de cabeça, embora séria como sempre. Até que chegássemos ao prédio residencial e o elevador nos descesse até nosso apartamento, ficamos em relativo silêncio – o ruído do metrô, que sacudia as paredes, já não era tão forte, de modo que se podia falar –, mas mesmo assim evitamos qualquer conversa até entrar. Se alguém nos surpreendesse falando no elevador, seria perfeitamente natural a suspeita de que discutíamos assuntos que não queríamos que as crianças ou a criada ouvissem. Tais casos haviam ocorrido quando subversivos e outros criminosos tentaram usar o elevador como local de conspiração; era um lugar adequado, pois, por motivos técnicos, os olhos e ouvidos da polícia não podiam ser montados ali e, além disso, o porteiro geralmente tinha coisas mais importantes a fazer do que correr e escutar nas escadarias. Mesmo assim permanecemos cautelosamente calados até entrar na sala de estar familiar, onde a empregada da semana já havia posto a mesa com o jantar e esperava com as crianças, que ela havia apanhado na creche do prédio. Parecia ser meticulosa e gentil, e nossa amável saudação não dependia apenas de sabermos que ela, no fim de semana, tinha de deixar um relatório sobre nossa família – uma reforma que se supunha ter melhorado a atmosfera de muitos lares. Um ar de alegria e bem-estar envolvia nossa mesa, principalmente quando Ossu, nosso filho mais velho, estava conosco. Ele havia chegado do acampamento infantil, pois era sua noite de ficar em casa.

– Tenho boas notícias – falei, por cima da sopa de batatas. – Meu experimento chegou a tal ponto que amanhã posso começar com material humano, sob a supervisão de um chefe de controle.

– Quem você acha que será? – perguntou Linda.

Ninguém notou nada, mas estremeci com aquelas palavras. Talvez fossem totalmente inocentes. Nada mais natural que uma esposa perguntar quem seria o chefe de controle do marido. Da boa ou má vontade do chefe de controle dependeria quão longo seria o tempo de testes. Já acontecera inclusive de chefes de controle ambiciosos se apossarem de invenções dos controlados, e eram relativamente poucas as possibilidades de proteção contra isso. Não era, pois, de estranhar que alguém da família perguntasse quem seria ele.

Mas percebi um subtom em sua voz. Meu chefe mais próximo, que provavelmente seria meu chefe de controle, era Edo Rissen. E Edo Rissen fora antes empregado na fábrica de alimentos onde Linda trabalhava. Eu sabia ter existido um certo contato entre ambos, e por diversos sinais percebi que ele deixara uma impressão em minha mulher.

Com aquela pergunta, meu ciúme despertou e se renovou. Quão íntima fora realmente a ligação entre ela e Rissen? Em uma grande fábrica pode muitas vezes acontecer de duas pessoas se encontrarem fora das vistas dos demais, nos depósitos, por exemplo, onde pacotes e caixas impediam a visão das paredes de vidro e onde, talvez, para cúmulo de tudo, ninguém estivesse trabalhando no momento... Além disso, Linda tivera sua vez como vigia noturna na fábrica. Rissen podia muito bem ter tido sua ronda na mesma ocasião. Tudo era possível, inclusive o pior: de que era a ele que ela continuava amando, e não a mim.

Naquela época eu pouco refletia sobre mim mesmo, sobre o que pensava e sentia ou sobre o que os outros pensavam e sentiam, de modo que isso pouca importância prática tinha para mim. Só agora, durante minha solidão de prisioneiro, aquele momento se tornara um enigma que me obrigava a adivinhar, decifrar e redecifrar. Agora, bem mais tarde, sei que quando buscava ardentemente "certeza" na pergunta sobre Linda e Rissen, eu não queria realmente chegar à certeza da existência de alguma ligação entre eles. Eu queria saber se ela se voltava para outros rumos. Queria chegar a uma certeza que desse fim ao meu casamento.

Naquela época, eu teria rejeitado tal pensamento com desprezo. Linda desempenhava um importante papel em minha vida, eu teria dito então. E era verdade – especulação ou suspeita alguma pudera até então modificar isso. De fato, ela poderia muito bem competir com minha carreira. Contra a minha vontade, ela me prendia de forma totalmente irracional.

É possível falar do "amor" como um romântico e envelhecido conceito, mas temo que, no entanto, exista e desde seu início contenha em si um indescritível elemento doloroso. Um homem é atraído por uma mulher, uma mulher por um homem, e a cada passo que se aproximam, sacrificam algo de si próprios; uma série de derrotas, quando esperam vitórias. Desde meu primeiro casamento sem filhos e, portanto, sem razão de ser, eu experimentara esse gosto. Linda estimulou-o até o pesadelo. Durante os primeiros anos vivi realmente um pesadelo, embora não o associasse a ela: eu estava em meio a uma escuridão intensa iluminado por um holofote; na escuridão, sentia o Olho dirigido a mim, e me contorcia como um verme para escapar dele, e me envergonhava como um cão pelos andrajos que vestia. Mais tarde, percebia ser isso uma boa imagem da minha situação ante Linda, diante da qual me sentia terrivelmente translúcido, embora tudo fizesse para me esconder e proteger, enquanto ela permanecia o mesmo enigma, denso, quase sobre-humano, mas ternamente inquietante, pois seu mistério lhe dava esta odiosa superioridade. Quando sua boca se comprimia até se tornar uma linha estreita e vermelha – oh, não! Não era um sorriso, nem de desdém nem de alegria, melhor se diria uma tensão, como quando se distende um arco – e ao mesmo tempo os olhos permaneciam imóveis e bem abertos –, perpassava-me sempre o mesmo estremecimento de angústia, e ela sempre me submetia e me atraía impiedosamente, embora eu adivinhasse que jamais se abriria para mim. Creio ser adequado empregar a palavra amor quando, em meio à desesperança, nos mantemos unidos um ao outro, como se, apesar de tudo, um milagre pudesse ocorrer – então a própria angústia adquire uma espécie de valor próprio e se torna uma prova de que ao menos se tem um interesse em comum: a espera por algo que não existe.

Em torno de nós, víamos pais se separarem tão logo suas ninhadas estivessem em idade de ir para os acampamentos infantis – separavam-se e casavam-se novamente para procriar novas ninhadas. Ossu, nosso filho mais velho, tinha já oito anos e ficara um ano inteiro no acampamento. Laila, a mais nova, tinha quatro – mais três anos em casa, portanto. E depois? Haveria a separação e então nos casaríamos novamente, na infantil ilusão de que a mesma espera poderia ser menos vã com um outro? Toda a minha razão dizia que isso era uma mentira. Uma única, pequena e ilógica esperança me dizia: não, não – se fracassou com Linda foi porque ela desejava Rissen! Ela pertence a Rissen, não a você! É melhor se convencer de que é em Rissen que ela pensa – assim tudo ficará esclarecido e terá ainda esperança em um novo amor, que tenha sentido.

A pergunta de Linda despertara em mim essas curiosas elucubrações.

– Provavelmente Rissen – respondi, e escutei ansiosamente o silêncio que se seguiu.

– Seria indiscrição perguntar qual é a experiência? – quis saber a empregada.

Ela tinha o direito de perguntar; de certa forma, estava ali exatamente para informar o que acontecia em família. E eu não conseguia imaginar o que poderia ser distorcido e usado contra mim, nem mesmo como isso poderia ferir o Estado, no caso de os rumores sobre minha descoberta se espalharem prematuramente.

– É algo que espero possa beneficiar o Estado. Um meio que fará com que todo e qualquer homem confesse seus segredos, tudo aquilo que antes ele calou, por vergonha ou medo. Você é desta cidade, cidadã-soldado?

Acontecia, vez por outra, de encontrarem-se pessoas trazidas de outros lugares em época de falta de braços, e que por isso não tinham a cultura geral das Cidades Químicas senão algumas migalhas catadas na idade adulta.

– Não. Sou de fora – respondeu ela, enrubescendo.

Explicações mais detalhadas de onde se vinha eram estritamente proibidas, pois poderiam ser aproveitadas no serviço de espionagem. Naturalmente, ela enrubescera por isso.

– Então não entrarei muito no aspecto químico da composição ou fabricação. Além do mais, isso talvez deva ser evitado, pois o assunto não deve cair em mãos privadas em circunstância alguma. Mas você certamente já ouviu falar em como se empregava antigamente o álcool como meio de embriaguez e suas consequências.

– Já, sim. Sei que tornava os lares infelizes e destruía a saúde, e, nos casos mais graves, produzia tremores em todo o corpo e alucinações.

Reconheci as palavras elementares dos manuais escolares e sorri. Ela não tivera realmente tempo de adquirir a cultura geral das Cidades Químicas. Continuei:

– Exato. Assim era nos casos mais graves. Mas antes de chegarem a esse ponto, acontecia muitas vezes de os bêbados deixarem escapar indiscrições, traírem segredos e cometerem ações temerárias, pois sua capacidade de vergonha e medo estava enfraquecida. Este é o efeito da minha droga, acho eu, pois ainda não a experimentei. Sua diferença é que não deve ser bebida, mas injetada diretamente no sangue e, além disso, sua composição é totalmente outra. Os efeitos desagradáveis de que você fala não ocorrem... pelo menos se forem aplicadas as quantidades recomendadas de doses. Uma leve dor de cabeça é tudo que as cobaias sentem logo após o uso, e não acontece, como às vezes ocorria com os alcoólatras, de a pessoa esquecer o que disse. Certamente você percebe a importância da minha descoberta. Nem nossos mais íntimos pensamentos são mais nossos, como até agora pensávamos, erroneamente.

– Erroneamente?

– Isso, erroneamente. Dos pensamentos e sentimentos nascem as palavras e ações. Como poderiam então os pensamentos e sentimentos serem algo privado? O cidadão-soldado não pertence totalmente ao Estado? A que pertenceriam então seus pensamentos e sentimentos senão ao Estado? Até hoje só não foi possível controlar isso, mas agora o meio foi encontrado.

Ela me lançou um rápido olhar, mas logo baixou o rosto. Sua fisionomia não se modificou, mas tive a impressão de que ela empalideceu.

– Você não tem nada a temer, cidadã-soldado – disse para reanimá-la. – A intenção não é curar todas as pequenas paixões e antipatias particulares. Se minha descoberta caísse em mãos privadas, então sim, é possível imaginar o caos que se estabeleceria! Mas isso naturalmente não vai acontecer. A droga vai servir a nossa tranquilidade, à tranquilidade de todos, à tranquilidade do Estado.

– Não tenho medo, não tenho nada a temer – respondeu ela um pouco friamente, embora eu estivesse tentando apenas ser gentil.

Mudamos de assunto. As crianças contaram o que havia acontecido durante o dia em seu quarto. Haviam brincado na caixa de brinquedos – um bem esmaltado tonel de uns quatro metros quadrados e um de profundidade, onde se podia não apenas jogar bombas de brinquedo, incendiar florestas e telhados projetados de material inflamável, como também organizar um combate naval em miniatura, bastando para isso encher a caixa com água e municiar os pequenos canhões da frota com o mesmo explosivo leve empregado nas bombas de brinquedo; existiam inclusive botes torpedeiros. Dessa forma, dávamos uma visão estratégica às crianças e, ao mesmo tempo, uma diversão de primeira ordem. Às vezes eu invejava meus filhos por terem nascido em meio a brinquedos tão sofisticados – na minha infância, o explosivo leve ainda não havia sido descoberto – e não entendia muito bem por que mesmo assim eles desejavam ardentemente completar sete anos e ir para os acampamentos infantis, onde os exercícios eram bem mais semelhantes à instrução militar, e onde ficavam dia e noite.

Muitas vezes me pareceu que esta nova geração era mais realisticamente ajustada que nós em nossa infância. Justamente naquele dia, eu receberia uma nova prova disso. Como era uma noite em família, quando nem Linda nem eu tínhamos serviço policial e militar, e Ossu estava nos visitando – assim se completava nossa vida íntima familiar –, eu havia planejado algo para divertir as crianças. No laboratório, eu comprara uma pequena porção de sódio, que pensara deixar flutuar na água com sua chama violeta pálida. Enchemos o tonel, apagamos as luzes e nos reunimos todos em torno de minha pequena curiosidade química. Pessoalmente, eu ficara maravilhado com o fenômeno quando, na infância, meu pai o mostrara para mim, mas para meus filhos aquilo foi um solene fiasco.

Ossu, que já havia feito fogo por conta própria, atirara com pistola e lançara pequenos petardos semelhantes a granadas de mão – enfim, que ele não apreciasse a pequena chama pálida seria talvez muito natural. Mas o fato de que nem mesmo Laila, com quatro anos, demonstrasse interesse por uma explosão se esta não custasse a vida de alguns inimigos, deixou-me perplexo. A única que parecia fascinada era Maryl, a do meio. Ela estava quieta e sonhadora como sempre, e seguia o crepitar da chama com olhos bem abertos, que lembravam os de sua mãe. E embora sua atenção me desse um certo consolo, também me inquietava. Pensei serem Ossu e Laila as crianças dos novos tempos. Seu ajustamento era o certo e positivo, enquanto o meu era a manifestação de um romântico à antiga. E apesar da satisfação que ela me dera, desejei subitamente que Maryl fosse mais parecida com os irmãos. Era de mau augúrio que ela permanecesse assim, à margem do desenvolvimento sadio de sua geração.

O tempo passava e chegou a hora de Ossu voltar para o acampamento infantil. Se tinha vontade de ficar mais tempo, ou se tinha medo da longa viagem de metrô, nada demonstrou. Com apenas oito anos, já era um disciplinado cidadão-soldado. Em mim, ao contrário, perpassou uma ardente onda de saudade daquele tempo em que os três engatinhavam em suas caminhas todas as noites. Um filho é sempre um filho, e sempre estará mais próximo de seu pai que as filhas. Mesmo assim, eu não ousava pensar naquele dia, quando também Maryl e Laila sairiam de casa e só voltariam duas vezes por semana para visita. Em todo caso, tomei cuidado para que ninguém notasse minha fraqueza. As crianças não se queixariam jamais de mau exemplo, a empregada não teria de relatar uma atitude fraca do chefe da família, e Linda – Linda menos que todos! Jamais quis ser desprezado por alguém, principalmente por Linda, que nunca fora fraca.

As camas da sala de estar familiar foram puxadas da parede para as pequenas, e Linda preparou tudo. A empregada acabara de colocar os restos do jantar e as louças no elevador das refeições, e se aprontava para sair quando lhe ocorreu algo.

– A propósito, chegou uma carta para o senhor, meu chefe. Deixei em seu quarto.

Um pouco surpresos, Linda e eu examinamos a carta, um comunicado de serviço. Fosse eu o responsável geral pelas empregadas, certamente a teria advertido por isso. Se ela realmente esquecia tudo, ou se propositalmente negligenciara isso, sua atitude era tão descuidada como não se informar do conteúdo de um comunicado de serviço – e ela tinha direito pleno a isso. Mas ao mesmo tempo fui perpassado por um pressentimento de que a mensagem poderia ter um mau conteúdo, e que eu deveria agradecer seu desleixo.

A carta era do Sétimo Departamento do Ministério de Propaganda. E para explicar seu conteúdo, preciso voltar no tempo.

2

Houvera uma festa dois meses atrás. Num dos locais de reunião dos acampamentos juvenis, adornado com longas faixas com as cores do Estado, fizeram apresentações, palestras, marcha com tambores e jantar coletivo. O motivo era que um grupo de moças do acampamento juvenil havia recebido ordens de transferência, não se sabia precisamente para onde. Corriam certos rumores sobre outra Cidade Química, alguns falavam em Cidades de Calçados; em todo caso, seria um lugar onde pesava na balança tanto a questão de força de trabalho como a de proporção entre os sexos. Da nossa cidade, e provavelmente de muitas outras, mulheres jovens eram reunidas e enviadas para tais lugares, para que as cifras predeterminadas pudessem ser mantidas. Era uma festa de despedida dos chamados.

Tais solenidades tinham alguma semelhança com as festas de partida de soldados. A diferença, no entanto, era grande: em festas como esta, todos sabiam, tanto os que viajavam como os que ficavam, que nenhum fio de cabelo dos jovens que deixavam sua cidade natal seria tocado. Pelo contrário, fazia-se de tudo para que rapidamente, e sem resmungos, todos se enraizassem e se sentissem perfeitamente bem em seus novos ambientes.

A semelhança era apenas que ambas as partes sabiam com quase cem por cento de segurança que jamais se veriam outra vez. Nenhuma outra ligação era permitida entre as cidades senão a oficial, a cargo de servidores juramentados e estreitamente controlados, para evitar espionagem. E mesmo que eventualmente um ou outro dos jovens chamados acabasse por fim no serviço de tráfego – possibilidade ínfima, pois os servidores do tráfego eram geralmente educados para sua missão desde os mais tenros anos em cidades especiais de escolas de tráfego –, era necessário, além disso, a particular coincidência de que tivessem seus serviços designados exatamente para algum dos caminhos que conduziam até suas cidades natais, e que seus descansos coincidissem com o momento em que lá estava; isso valia para os empregados do tráfego nacional – o pessoal de serviços aéreos, que vivia sempre separado de suas famílias e sob vigilância constante. Em suma, exigia-se um milagre de coincidências concomitantes para que os pais pudessem rever os filhos quando estes eram transferidos para outra região. Abstraído isso – sim, abstraído isso, pois ninguém tinha direito de ruminar as mais sombrias perspectivas em dias como este –, a festa era uma animada ocasião de alegria, como convinha quando algo acontecia para o bem e proveito do Estado.

Estivesse eu integrado com os alegres participantes da festa, os acontecimentos jamais teriam se desenvolvido daquela maneira. A perspectiva de boa comida – nessas ocasiões ela é sempre abundante e bem-preparada, e os convidados costumam avançar nela como lobos vorazes –, tambores, palestras, o próprio acotovelamento festivo da multidão, os gritos coletivos, tudo transportava a sala a um grande êxtase comum, habitual e desejável. Eu não estava nem entre os pais, irmãos ou líderes juvenis. Era uma das quatro noites por semana em que eu fazia serviço policial e militar, e estava lá simplesmente na qualidade de secretário de polícia. Isso não significava apenas que tinha de me colocar sobre um dos quatro pequenos estrados dos cantos e seguir o protocolo das festividades, junto com mais três secretários nos cantos restantes, mas também que era minha obrigação manter a cabeça fria para observar os incidentes que ocorriam na sala. No caso de alguma disputa ou discussão em segredo, por exemplo, ou se algum dos participantes tentava escapar após a chamada nominal, era de grande auxílio para o presidente e os porteiros – que muitas vezes podiam estar ocupados com algum detalhe prático – que quatro secretários de polícia vigiassem o local o tempo todo de um ponto estratégico. Ali estava eu em meu próprio isolamento, deixando o olhar correr sobre a multidão, e embora não estivesse integrando e participando da alegria e comunhão geral, creio que meu sacrifício era bem compensado pela consciência da minha importância e dignidade. Além disso, eu poderia ser substituído mais tarde e ainda tomar parte da refeição para, pelo menos momentaneamente, esquecer todas as preocupações.

As jovens que se despediam eram bem umas cinquenta, e podiam ser facilmente vistas na multidão, pois portavam coroas douradas oferecidas pela cidade nessa ocasião. Uma delas despertou minha curiosidade distraída, talvez por ser excepcionalmente bonita, ou por ter uma inquietude cheia de vida, como um fogo secreto, nos olhos e nos movimentos. Muitas vezes a surpreendi olhando em busca de algo na direção dos rapazes – isso no começo da festa, quando eram representadas as peças e os rapazes dos acampamentos masculinos e as moças dos femininos ainda estavam sentados em grupos separados –, até que finalmente pareceu ter encontrado o que procurava e sua inquietação fogosa se transformou em uma chama tranquila. Creio também ter conseguido divisar o rosto que ela havia procurado e encontrado: tão dolorosamente séria estava em meio aos demais, alegres e cheios de esperanças, que quase me penalizei. Mal terminara a última apresentação e os jovens se misturaram; vi os dois cortarem a multidão como se fossem água e, com uma segurança quase cega, encontraram-se no meio da sala, isoladamente quietos entre todos que cantavam e gritavam. Estavam em meio à turba como em uma ilha silenciosa e distante, sem saber em que lugar ou tempo se encontravam.

Despertei de minhas divagações com um resmungo. Eles haviam conseguido me transportar até o seu mundo antissocial, separado do único grande sacramento para todos: a comunidade. Talvez eu estivesse muito cansado, pois parecia ser relaxante apenas sentar e olhar para os dois. A única coisa que mereciam era compaixão, pensei. O que pode ser mais útil para a formação do caráter de um cidadão-soldado do que desde cedo se acostumar com grandes sacrifícios para grandes objetivos? Quantos não vagam por toda a vida e aspiram a um sacrifício suficientemente grandioso? Inveja era a única coisa que eu podia sentir em relação a eles, e inveja existia também no desagrado que penso ter observado entre os companheiros dos dois jovens – inveja, e certo desprezo por verem tanto tempo e força perdidos em função de um ser humano isolado. Da minha parte, não podia desprezar aquela cena. Eles representavam um eterno drama, belo em sua inexorabilidade.

Em todo caso, eu estava certamente cansado, pois meu interesse girava sempre em torno das poucas notas sérias que a alegre festa permitia. Alguns minutos depois, perdi de vista os dois jovens que, aliás, já haviam sido separados por camaradas impacientes, e fixei minha atenção em uma mulher magra de meia-idade, provavelmente mãe de alguma das moças chamadas. Ela também parecia de alguma forma desligada da delirante coletividade. Não sei exatamente como captei isso, jamais poderia explicar, pois ela participava o tempo todo, movimentava-se em ritmo com os marchantes, assentia com os que conversavam, gritava com os que gritavam. Mesmo assim, parecia que estava agindo mecanicamente, que ela não era levada pelas ondas liberadoras da coletividade, e que de alguma forma permanecia fora, fora mesmo de sua própria voz e de seus próprios movimentos, isolada do mesmo jeito que os dois jovens. As pessoas ao seu redor devem ter tido a mesma sensação, pois tentavam se aproximar dela por todos os lados. Da minha posição, vi que muitas vezes alguém a apanhava pelo braço e a puxava consigo, ou gesticulava e falava com ela, mas logo a abandonava decepcionado, apesar de suas respostas e sorrisos serem impecáveis. Apenas um homenzinho feio e vivaz não se deixava intimidar tão facilmente. Quando ela lhe lançava seu sorriso cansado e depois voltava a sua seriedade, ele permanecia em pé e despercebido a alguns passos dela, observando-a com nítida preocupação.

A cansada e isolada mulher de certa forma se aproximou de mim, sem que eu soubesse por quê. Com razão percebi que merecia a inveja de dois jovens, e em mais alto grau: seu heroísmo pronto ao sacrifício era maior que o deles, como também sua força e dignidade. O sentimento dos jovens murcharia em algum momento e seria substituído por uma nova chama, e mesmo que ambos tentassem conservá-lo, logo cessaria de magoar e se tornaria belo e fulgurante, um momento feliz na monotonia da rotina. O sofrimento da mãe se renovaria diariamente. Senti então uma falta insuportável, se bem que certamente conseguirei superá-la um dia – falo da falta de Ossu, meu filho mais velho. Embora ele nos visitasse duas vezes por semana, espero realmente poder fazer com que ele fique na Cidade Química nº 4, mesmo depois de adulto. Sabia que era uma atitude excessivamente pessoal em relação aos pequenos cidadãos-soldados que eram enviados ao Estado, e jamais a revelaria abertamente, mas isso proporcionava certa luz secreta em minha vida, talvez por ser algo tão guardado. Tal tormento e fortuna eram exatamente o mesmo que eu reconhecia naquela mulher, como também o mesmo controle discreto. Não podia deixar de me imaginar em seu lugar: jamais poderia rever a filha, tampouco ter notícias dela, pois o correio eliminava cada vez mais rigorosamente as cartas pessoais, de modo que agora apenas comunicados realmente importantes, redigidos curta e objetivamente e providos das competentes verificações, eram enviados ao destinatário. E um pensamento um pouco pretensioso, individual e romântico, me ocorreu: os cidadãos-soldados buscavam uma espécie de substitutivo ao sacrificar sua existência sentimental ao Estado, que certamente consistiria no que de mais elevado e sublime alguém poderia aspirar: a glória. Já que a glória era compensação mais que suficiente para guerreiros mutilados, por que também não o seria para um cidadão-soldado que se sentia mutilado por dentro? Era um pensamento confuso e romântico, que mais tarde deu origem a uma ação precipitada.

Ao chegar a hora da substituição, deixei meu posto para um novo secretário de polícia, desci até a multidão e tentei me misturar ao entusiasmo coletivo. Talvez eu estivesse por demais cansado e faminto para tal feito. As mesas de refeições haviam sido dispostas em círculo e todos juntavam as cadeiras em torno das excelências culinárias. Se foi mero acaso, ou se ela me procurou intencionalmente, não sei, mas a mulher que eu observara se sentou de frente para mim. Não era impossível que ela tivesse me visto e lido simpatia em meu rosto. O que, pelo contrário, não constituía mero acaso era que o homenzinho vivaz e feio, que anteriormente a vigiava, aproximou-se e se sentou justo ao lado dela.

Comportando-se como um juiz, seu objetivo era desvelar exatamente o que a mulher decidira esconder. Tudo o que ele expressava era inocente, mas roçava a todo instante a ferida que adivinhava em sua vizinha de mesa. Falava lamentando a solidão que as moças enfrentariam. Para evitar a perniciosa formação de grupos, dizia, os transferidos costumavam ser colocados fora do alcance uns dos outros. Depois havia as dificuldades com o novo clima e os novos hábitos. Com respeito às Cidades de Calçados, como já se supunha – o objetivo da viagem era e precisava ser secreto, e os murmúrios poderiam ser tanto falso como verdadeiros –, certamente alguns poucos viajariam para o sul, ficando à mesma distância da Cidade Química nº 4 –, mas a maioria iria muito longe, para o norte, e teria um clima nórdico com longos, rigorosos e escuros invernos, que tornavam qualquer estrangeiro melancólico. E o pior de tudo era certamente o idioma. A língua oficial comum do imenso Estado Mundial lamentavelmente ainda não se tornara a língua falada por toda parte. Em muitos lugares, ainda se falavam dialetos que diferiam muito uns dos outros. O homem, por sua vez, ouvira alguém contar em confiança que exatamente em uma das Cidades de Calçados existia um idioma muito difícil, com raízes e declinações completamente diferentes das que se usavam aqui. Mas não se deve jamais acreditar em boatos; a pessoa em questão provavelmente jamais saíra da Cidade Química nº 4.

Em determinado momento, pareceu-me que o comportamento do homenzinho era provocado por algum desejo de vingança. Pelas respostas polidas e negligentes da mulher, entendi que haviam acabado de se conhecer, talvez naquela noite mesmo. E lentamente adivinhei como tudo se encaixava: o homem não tinha a menor motivação pessoal para o que fazia, sua inflexibilidade era ditada pela mais pura preocupação com o bem do Estado. Não tinha objetivo algum em mente senão desmascarar a mulher, que perambulava e portava sentimentos associais e privados; queria apenas envergonhá-la, fazer com que irrompesse em lágrimas ou numa resposta colérica, de forma que ele mais tarde pudesse apontar para ela e dizer: "Vejam o que ainda temos e precisamos suportar entre nós!" Desse ponto de vista, a atitude daquele homem tornava-se não apenas compreensível, mas totalmente digna de respeito, e a luta entre ele e a mulher agredida tomava um novo e fundamental significado. Acompanhei tal embate com curiosidade, e quando finalmente acabei ficando do lado da mulher, isso não dependia tanto de uma simpatia complacente, e sim de algo que não seria motivo de vergonha diante de pessoa alguma: a admiração pela superioridade quase viril que ela demonstrava ao repelir os golpes dele. Nenhum movimento nervoso alterava seu sorriso polido, nenhum tremor perpassava o tom leve e glacial de sua voz quando ela recebia cada um de seus ataques incisivos com uma resignação crescente. Os jovens aprendem facilmente; um clima nórdico é muitas vezes mais saudável que um setentrional; no Estado Mundial nenhum cidadão-soldado precisava se sentir só; por que você deplora que alguém esqueça os seus? Nada é mais desejável do que uma transferência.

Fiquei muito decepcionado quando a elegante esgrima foi interrompida por um homem volumoso, de cabelos vermelhos:

– Nada de preocupações sentimentais! Ouça, cidadão-soldado, seja você quem for, que pinta com cores tão sombrias as ingerências do Estado num dia como este! E o que é pior, diante de uma das mães! Este é um momento de alegria, não de preocupações e soluços!

Justo quando a conversa ia recomeçar, nasceu em meu cérebro a infeliz decisão de desferir um ataque contra o homenzinho. Meu trabalho não estava exatamente acabado, eu era um dos oradores oficiais. Ocorreu então que minha palestra, minuciosamente preparada como fora, com gestos e tudo o mais, teve uma fatal e improvisada conclusão:

– ... seus atos heroicos, cidadãos-soldados, não se tornam menores por serem acompanhados de dor. Dor sente o guerreiro em suas feridas, dor sente sob os véus a viúva do guerreiro caído, embora a alegria de servir ao Estado supere mil vezes a dor. A dor pode ser uma bênção para aqueles que precisam se separar na vida profissional, na maioria dos casos, para sempre. E se é merecida nossa homenagem quando mãe e filha, camarada e camarada, se separam com alegria nos olhos e gritos de viva nos lábios, não menos merecida é nossa admiração se sob a alegria e os vivas resta uma tristeza, uma tristeza contida e negada, esta é certamente mais digna de nossa admiração, por ser um sacrifício maior feito ao Estado.

Em estado de júbilo e aprovação como estava, a multidão irrompeu em uma tempestade de aplausos e gritos. Mas notei que, aqui e ali, alguns mantinham, insubmissos, as mãos imóveis. Mil pessoas batem palmas, e duas ficam imóveis, e então essas duas são mais importantes que as mil: evidentemente os dois podem ser delatores, mas nenhuma das mil levantaria um dedo para defender o festejado se ele fosse delatado – e ademais, como poderiam elas fazer isso? É fácil compreender, também, não ser nada agradável permanecer ali pateticamente emocionado, sentindo o tempo todo os olhos do feio homenzinho como flechadas. Lancei um rápido olhar em sua direção. Claro que ele não aplaudia.

Eu ainda segurava na mão a notificação daquela noite. Quem me denunciara não precisava necessariamente ter sido o homenzinho. Em todo caso, denunciado eu já estava. No papel, lia-se:

> Cidadão-soldado Leo Kall, Cidade Química nº 4
>
> Depois que o Sétimo Departamento do Ministério de Propaganda examinou o conteúdo de sua palestra na festa de despedida dos operários convocados do Acampamento Juvenil, resolveu comunicar-lhe o seguinte:
>
> Sendo um guerreiro totalmente devotado sempre mais efetivo que um relutante, precisa então um feliz cidadão-soldado – que nem para si mesmo nem para outros admite que sacrifica algo – reconhecer em si maior valor que em um inferior, que sofre o peso de seu assim chamado sacrifício, mesmo escondendo sua inferioridade; e consequentemente não temos motivo algum para exaltar cidadãos-soldados que tentam esconder relutância, abatimento e sentimentalismo sob uma controlada máscara de alegria senão aqueles que, inteiramente alegres, nada têm a esconder, enquanto que o desmascaramento dos relutantes é uma atitude valiosa para o bem do Estado.
>
> Esperamos o mais rapidamente possível sua autocrítica, ante o mesmo auditório que então o escutava, caso seja possível reencontrá-lo reunido; em caso contrário, na rádio local.
>
> Sétimo Departamento
> do Ministério de Propaganda

3

Minha reação foi tão colérica que depois fiquei envergonhado diante de Linda. Receber essa notificação exatamente hoje, em plena alegria da vitória! Em meio às minhas maiores esperanças, ser atingido por tal golpe! Fora de mim como estava, disse várias coisas sem pensar, e mesmo hoje, não obstante minha boa memória, tenho dificuldade em me lembrar: que eu era um homem arrasado, minha carreira estava destruída, meu futuro, sem glória. Minha maior descoberta se volatilizara com isso, que agora constaria de todos os registros secretos de todas as seções de polícia em todo o Estado Mundial, e assim por diante. E quando Linda tentou me consolar, acreditei, no primeiro momento, que ela apenas cogitava a melhor forma de abandonar o barco que naufragava, apesar de as crianças ainda estarem em idade de casa.

– Logo todos vão falar que as palestras que costumo proferir são subversivas. Você deve exigir o divórcio quanto antes, sem se preocupar se as crianças ainda são pequenas. Para elas será melhor se transformarem em órfãs do que conviverem com um subversivo como eu... – falei, amargo.

– Você está exagerando – disse Linda, calma. (Ainda lembro das palavras exatas. Não foi a calma, nem o maternalismo no tom de voz que me convenceu da sinceridade, mas sim o pesado, quase apático cansaço.) – Você está exagerando. Quantos eminentes cidadãos-soldados você acha que já foram advertidos assim e mais tarde se redimiram! Não lembra de todas as autocríticas que ouvimos no rádio, às sextas-feiras, entre 20h e 21h? Você deve entender de uma vez por todas que não é a perfeição que faz um bom cidadão-soldado, muito menos a perfeição nessas questões, em que a ética estatal ainda está por ser estabelecida! Antes de tudo, o mais importante é a capacidade de renunciar ao seu ponto de vista e se dedicar ao correto.

Por fim, acalmei-me e comecei a ver que ela tinha razão. Em meu estado emocional, prometi tanto a ela como a mim mesmo utilizar a hora radiofônica de autocríticas tão cedo quanto possível. Comecei de imediato a fazer uma minuta de minha futura alocução.

– Está exagerando de novo – disse Linda, que se curvava sobre os meus ombros para ler o que eu escrevia. – Você não deve ficar abalado, mas também não deve agir como um elástico que pode se esticar infinitamente; desse jeito você se torna suspeito de revidar em um momento de descuido. Acredite em mim, Leo, essas coisas devem ser escritas quando não se está tão revoltado como você se sente agora.

Ela tinha razão, e eu estava agradecido por ter Linda comigo. Ela era inteligente, inteligente e forte. Mas por que parecia tão cansada?

– Você está doente, Linda? – perguntei, preocupado.

– Por que eu estaria doente? Tivemos exame médico na última semana. Recomendaram que eu tomasse um pouco de sol ao ar livre; fora isso, não havia problema algum comigo.

Levantei e abracei Linda.

– Você não pode morrer e me abandonar. Preciso de você. Fique comigo.

Paralelamente ao meu medo de ficar só, corria um pequeno fio de esperança: sim, por que não? Por que não poderia ela morrer? Não seria a melhor solução para o problema? Mas eu não queria aceitar isso. E apertei Linda fortemente contra mim, numa espécie de fúria impotente.

Deitamos nós dois e apagamos a luz. Minha ração mensal de soníferos terminara já havia muito tempo.

Mesmo se seu doce calor e perfume, que lembrava folhas de chá, não me tivessem envolvido em ondas sob as cobertas, eu a teria desejado naquela noite, numa proximidade mais intensa do que aquela que o contato superficial pode dar. Os anos haviam me transformado. Em minha juventude, meu desejo era uma espécie de suplemento, um companheiro exigente que precisava ser satisfeito para que, livre dele, eu pudesse me ocupar de outras coisas, ou ainda, um orgulhoso instrumento de prazer, mas não precisamente uma parte daquilo que eu chamava de mim mesmo. Agora era diferente. Perfume, doçura e prazer não eram mais as únicas coisas que eu desejava possuir. A meta de meus sentidos inflamados era algo de bem mais difícil acesso, era

Linda, que em certos momentos rápidos brilhava atrás dos olhos imóveis e bem abertos, sob o arco vermelho e contraído da boca, que se deixara entrever em sua cansada inflexão de voz, em seus calmos e inteligentes conselhos. E enquanto meu sangue seguia seu caminho pelas veias, virei-me para o outro lado e abafei um suspiro. Disse a mim mesmo que era superstição e nada mais o que eu exigia da convivência entre um homem e uma mulher, algo tão supersticioso como quando os selvagens dos tempos pré-históricos comiam o coração de seus inimigos valentes para se tornarem partícipes de sua coragem. Não existia ato mágico algum que pudesse me dar a chave de direitos de proprietário ao jardim das delícias que Linda me escondia. E nada de bom vinha disso.

Na parede, os olhos e ouvidos da polícia permaneciam ativos, tanto na claridade como na escuridão. Ninguém poderia julgá-los menos que necessários: que antro de espionagem e conspirações poderia se tornar o quarto dos pais, ainda mais quando também era utilizado como sala de visitas! Mais tarde, ao tomar um contato mais íntimo com a vida familiar de diversos cidadãos-soldados, fui forçado a associar os olhos e ouvidos da polícia com a insatisfatória curva de naturalidade no Estado Mundial. Mas não julgava ser por essa razão que agora meu sangue se acalmava tão facilmente. Pelo menos, antes, jamais fora por isso. Nosso Estado Mundial não tinha uma visão ascética da sexualidade, pelo contrário, era necessário e honroso gerar novos cidadãos-soldados, e tudo se fazia para que homens e mulheres desde a maturidade tivessem a oportunidade de cumprir seu dever nesse sentido.

No início, eu nada tinha contra a ideia de que funcionários de posições mais elevadas constatassem vez por outra que eu era homem. Isso se tornou inclusive um estímulo. Sobre nossas noites anteriores se estendera um fulgor de imagens festivas, pelas quais fomos solenemente tomados e conscientizados da execução de um ritual aos olhos do próprio Estado. Mas algo se modificara com o correr dos anos. Enquanto anteriormente, mesmo em minhas mais íntimas ocupações, eu me preocupava em como era avaliado pelo Poder, que também se utilizava do olho na parede, agora esse poder se transformava mais e mais num peso embaraçoso exatamente naqueles instantes em que mais selvagemente desejava Linda e ansiava pelo inatingido e inatingível milagre, que faria de mim senhor de seus mistérios íntimos. O olho que me preocupava agora era a própria Linda. Comecei a pressentir que meu amor havia tomado um indevido caráter privado, e isso torturava minha consciência. A finalidade do casamento eram os filhos! Nada tinha a ver com sonhos supersticiosos, com chaves e dominação! Talvez essa tendência perigosa em meu casamento fosse uma razão para me divorciar. E me perguntei se outros divórcios que aconteciam ao nosso redor não teriam a mesma razão...

Decidi dormir, mas não consegui. A carta do Ministério de Propaganda começou a girar em minha cabeça, e eu não sabia mais para que lado me virar.

Um guerreiro totalmente devotado é mais efetivo que um relutante, isso é lógico, evidente. Mas o que se vai fazer com os relutantes? Como obrigá-los à devoção total?

Uma lúgubre descoberta: eu estava aqui deitado sentindo angústia pelos relutantes, como se fosse um deles. Daqui por diante, não permitiria que isso continuasse. Não queria ser relutante. Como cidadão-soldado, eu era absolutamente devotado, sem um pingo de perfídia ou traição. Os inúteis deveriam ser alijados, inclusive ela, a mãe magra e autocontrolada da festa. Morte aos relutantes! Daqui por diante, essa seria minha palavra de ordem. E seu casamento? Um pensamento pequeno e sórdido me indagou. Respondi como ele merecia: se a situação não melhorar, vou pedir o divórcio. Mas só depois de as crianças atingirem a idade de sair de casa.

Subitamente uma ideia me inundou com discernimento e alívio: minha própria descoberta coincidia exatamente com as intenções da carta do Sétimo Departamento. Eu não havia falado pessoalmente com a empregada nesse sentido? Acreditariam em mim e me perdoariam em função da minha descoberta, meu comportamento era leal, e isso pesaria bem mais do que algumas palavras irrefletidas ditas em uma festa sem importância. Apesar de tudo, eu era um bom cidadão-soldado e poderia me tornar ainda melhor.

Antes de adormecer, sorri para mim mesmo ante uma tranquilizante e cômica fantasia, uma dessas imagens caprichosas que costumam emergir na consciência exatamente antes de cair no sono: vi que o homenzinho feio e vivaz da festa também tinha um comunicado na mão e suava frio, o grandalhão de cabelos vermelhos o havia denunciado por suas tentativas de dificultar a alegria e injuriar as promoções do Estado. O que era realmente pior...

4

Não costumo perder tempo, nem durante a ginástica matutina, nem em qualquer outro momento, mas naquela manhã creio ter me apressado um pouco mais na ducha e vesti rapidamente o uniforme de trabalho para poder estar logo em prontidão, quando a porta de meu laboratório se abriu e o chefe de controle entrou.

Naturalmente era Rissen. Do jeito que eu pensara. Se estava decepcionado, esperava ao menos que isso não transparecesse. Havia uma pequena possibilidade de que fosse um outro, no entanto era Rissen. E quando parou diante de mim, insignificante em sua postura, quase vacilante, tornou-se claro que eu não o detestava porque talvez existisse algo a descobrir entre ele e Linda, pelo contrário, abominava a ideia de uma relação entre ele e Linda justamente por ser ele. Qualquer outro tudo bem, mas não ele. Rissen certamente não colocaria empecilhos em minha carreira, era por demais ingênuo para isso. Mas, de minha parte, preferia ter um chefe de controle menos ingênuo e mais capcioso, com quem eu pudesse medir forças – e ao mesmo tempo receber mais deferência de sua parte. De Rissen não se podia esperar deferência, era diferente dos demais, excessivamente ridículo. Não era muito fácil expressar o que faltava ao homem, mas se empregarmos a palavra *cadência*, isso dá uma certa imagem da coisa. A atitude decidida, o modo claro e rígido de falar, o único natural e digno em um cidadão-soldado adulto, não se encontravam em Rissen. Podia ficar subitamente nervoso, balbuciar uma palavra atrás da outra; tinha movimentos involuntários e cômicos de mãos, e ao falar fazia longas e despropositadas pausas, absorto em pensamentos; lançava palavras descuidadas que apenas quem o conhecia bem entenderia. Podiam até mesmo ocorrer contrações animalescas involuntárias em sua face na presença de um subordinado como eu, quando ouvia falar em algo que o interessava em especial. Por um lado, eu sabia que ele, como cientista, tinha qualidades brilhantes; por outro, apesar de se tratar de meu chefe, não podia ignorar que existia uma desarmonia entre seu valor como cientista e seu valor como cidadão-soldado.

– Muito bem – disse Rissen, devagar, como se o horário de trabalho fosse sua propriedade privada. – Muito bem. Recebi um relatório bastante minucioso sobre tudo isso aqui. Acho inclusive que entendi tudo perfeitamente.

E começou a repetir meu relatório em seus pontos mais importantes.

– Meu chefe – atalhei impacientemente –, já tomei a liberdade de encomendar cinco pessoas do Serviço Voluntário de Cobaias. Elas estão esperando no corredor.

Rissen me encarou duramente com seus olhos pensativos. Tive a impressão de que mal enxergava. Ele era realmente estranho.

– Pois bem, chame um deles então – respondeu. Parecia estar pensando alto, e não expressando uma ordem.

Apertei a campainha da sala de espera. Entrou um homem com um braço na tipoia. Ele parou após a porta, cumprimentou-nos e identificou-se como nº 135, do Serviço Voluntário de Cobaias.

Um tanto irritado, perguntei se era realmente impossível enviar uma cobaia sadia. Durante meu trabalho como assistente num dos laboratórios de medicina, acontecera de cair nas mãos do meu chefe uma mulher com toda a atividade glandular desajustada por uma experiência anterior, e lembro-me muito bem de como isso modificou totalmente o resultado de suas pesquisas. Eu não queria me expor a risco semelhante. Além disso, sabia que, segundo o regulamento, era possível insistir energicamente no direito de receber cobaias sadias. O costume de sempre enviar as mesmas cobaias permitia uma espécie de favoritismo, de forma que mártires voluntários e inteligentes jamais tinham se candidatado, não tendo oportunidade de demonstrar sua coragem e obter pequenas recompensas. Um chamado como este era visivelmente mais honroso do que a maioria dos outros, e a rigor deveria ser considerado a própria recompensa. Em todo caso, os honorários eram sempre calculados por baixo, em consideração às muitas indenizações extras por ferimentos que faziam parte do trabalho.

O homem se endireitou e pediu desculpas em nome de sua seção. De fato, não dispunham de outro para enviar. Neste momento, estavam trabalhando febrilmente nos laboratórios bélicos, e o Serviço Voluntário de Cobaias vivia em campos de batalha dia e noite, até o último homem. Pessoalmente, o nº 135 estava em excelente estado, exceto quanto a um ferimento de guerra com complicações na mão esquerda. Em sua defesa, queria dizer que embora devesse estar curado há muito tempo (nem mesmo o químico que o tratou conseguiu explicar por que ainda não o estava de fato), ele se considerava praticamente sadio, e esperava que a pequena lesão provocada por gás não atrapalhasse a experiência.

De fato, não atrapalharia, e isso me tranquilizou.

– Não é de suas mãos que precisamos, mas de seu sistema nervoso – disse a ele. – E posso garantir a você que a experiência não será dolorosa e não causará lesões, nem mesmo passageiras.

O nº 135 se endireitou novamente, como podia. Ao responder, sua voz lembrava uma fanfarra:

– Lamento que o Estado não exija sacrifícios ainda maiores de mim. Estou disposto a tudo.

– Naturalmente, disso não duvido – respondi, sério.

Eu estava convencido de que ele sentia o que dissera sentir. Minha única objeção era ter acentuado excessivamente seu heroísmo. Um cientista em seu laboratório também pode ser corajoso, embora nem sempre possa demonstrar isso, pensei. Ademais, a ocasião era oportuna: o que ele dissera sobre a atividade febril nos laboratórios bélicos era um novo sinal do começo de uma guerra. Um outro sinal, que eu observara para mim mesmo, mas não queria discutir para não ser considerado pessimista e agitador, era de que a comida piorara nos últimos meses.

Acomodei o homem numa cadeira confortável, posta ali especialmente para a minha experiência; arregacei a manga da camisa dele, desinfetei o braço e introduzi a pequena seringa, repleta de líquido esverdeado. No instante em que o nº 135 sentiu a picada, sua face se contraiu de forma a quase ficar bonita. Devo reconhecer que julguei estar vendo um herói à minha frente. Logo as cores do rosto dele empalideceram um pouco, o que com certeza não tinha relação com o líquido esverdeado, que não poderia ter agido com tamanha rapidez.

– Como se sente? – perguntei, encorajando-o, enquanto o conteúdo da seringa diminuía. Sempre seguindo o regulamento, eu sabia ser recomendável interrogar a cobaia tanto quanto possível. Isso dava a ela uma sensação de igualdade e permitia que ela, de certa forma, superasse as dores.

– Obrigado, quase o mesmo de sempre! – respondeu o nº 135, mas falando com visível lentidão, como para ocultar o tremor dos lábios.

Enquanto permanecia sentado e esperava pelos efeitos, estudamos sua ficha, que ele deixara na mesa. Ano de nascimento, sexo, tipo racial e físico, temperamento, tipo sanguíneo, particularidades genealógicas, doenças (e não eram poucas, claro, todas contraídas em experiências). Escrevi o necessário em meu novo e cuidadosamente elaborado fichário. Fiquei surpreso com o ano de nascimento que, no entanto, estava correto, e lembrei que já durante meus tempos de assistente ouvira falar, e havia constatado, que as pessoas do Serviço Voluntário de Cobaias pareciam em regra dez anos mais velhas do que realmente eram. Feito isso, virei-me para o nº 135, que começava a se contorcer na cadeira.

– Então?

O homem riu infantilmente, perplexo.

– Estou muito bem assim. Nunca estive tão bem. Mas o que sinto é medo...

O momento chegara. Escutávamos atentos. Meu coração pulsava forte. E se o homem não dissesse absolutamente nada? Se ele não tivesse nada a esconder? E se o que ele estava em vias de dizer não fosse nada especial? Como convencer então meu chefe de controle? E pessoalmente, como eu estaria seguro? Uma teoria, por mais bem fundada que seja, permanece teoria enquanto não é aprovada. Eu poderia estar enganado.

Então aconteceu algo para o que eu não estava preparado. O homem, grande e maciço, começou a soluçar, desamparado. Escorregou do assento, ficou suspenso nos braços da cadeira como um farrapo, e estremeceu de modo lento e ritmado, em longos gemidos. Não consigo expressar quanto aquilo era penoso, eu não sabia como reagir, física ou mentalmente. O autocontrole de Rissen – isso devo ressaltar – nada deixava a desejar. Se ele se sentia tão mal quanto eu, escondia isso melhor.

A situação durou alguns minutos. Eu me sentia envergonhado diante de meu chefe, como se eu fosse o responsável por fazê-lo testemunhar tal cena. No entanto eu não tinha como saber antecipadamente o que as cobaias poderiam revelar. Nem eu e tampouco nosso laboratório tínhamos autoridade perante as cobaias: elas eram enviadas para uma central onde permaneciam disponíveis para todos os institutos correspondentes.

Finalmente o homem se acalmou. Os soluços diminuíram e ele se ergueu, tomando uma posição um pouco mais digna. Impaciente para dar fim à dolorosa cena, fiz a ele a primeira pergunta que me ocorreu:

– Como se sente?

Ele olhou para nós. Era possível ver que estava consciente de nossa presença e de nossas perguntas, embora talvez não se desse conta exatamente de quem éramos. Quando respondia, dirigia-se nitidamente a nós, mas não como se estivesse se dirigindo a seus chefes, e sim como se falasse a ouvintes ocultos e anônimos:

– Sou um desgraçado. Não sei o que fazer. Não sei como suportar.

– Suportar o quê? – perguntei.

– Isso tudo. Tenho muito medo. Sempre tenho medo. Não exatamente agora, mas em outras circunstâncias, quase sempre.

– Medo das experiências?

– Exato, das experiências. Precisamente agora, não sei de que tenho medo. Quer doa mais ou menos, quer eu fique mutilado ou em perfeito estado, quer eu morra ou continue vivendo, por que eu teria medo? Mas eu sempre tenho. Ridículo. Por que se sente tanto medo?

O torpor inicial desaparecera e fora substituído por uma nítida embriaguez e descontração.

– E depois – continuou, sacudindo ebriamente a cabeça –, todos sentem mais medo do que dizem. Você é covarde, diriam, e isso é pior que qualquer outra coisa. Você é covarde. Eu não sou covarde. Não quero ser covarde. Além disso, que importância teria se eu realmente for? Se eu perder o lugar... Certamente encontraria um outro. Eles sempre podem usar a gente em algum lugar. Mas eles não vão ter tempo de me jogar fora! Vou sair antes. Deixarei voluntariamente o Serviço de Cobaias. Voluntariamente, como entrei.

Ensombreceu-se novamente, não por sua desgraça, mas por um surdo amargor.

– Eu odeio... – continuou inesperadamente, com os dentes cerrados. – Eu odeio tanto quando eles entram em seus laboratórios sem nenhuma preocupação, sem precisar temer ferimentos ou dores e consequências previstas e imprevistas. Depois, voltam para a esposa e os filhos. Vocês acham que alguém como eu pode ter uma família? Tentei me casar uma vez, mas não deu, vocês entendem muito bem por que não deu. A gente se torna excessivamente ocupado de si neste trabalho. Nenhuma mulher consegue aguentar. Odeio todas as mulheres. Elas nos atraem, mas depois não conseguem nos suportar. São falsas. Eu odeio todas, a não ser minhas colegas do Serviço de Cobaias, é claro. As mulheres do Serviço de Cobaias não são mais exatamente mulheres, não há por que odiá-las. Nós que estamos lá não somos como os outros. Também somos chamados de cidadãos-soldados, mas como vivemos? Temos que morar na Casa, não passamos de lixo...

Sua voz se transformou em um murmúrio indistinto, enquanto ele repetia:

– Eu odeio...

– Meu chefe – disse eu –, o senhor quer que eu aplique mais uma dose?

Esperava que ele dissesse não, pois o homem me parecia profundamente antipático. Mas Rissen anuiu, e eu nada podia fazer senão obedecer. Enquanto introduzia devagar o líquido esverdeado no sangue do nº 135, disse asperamente para ele:

– Você mesmo salientou que o Serviço de Cobaias é voluntário. Por que se queixa? É desagradável ouvir um homem adulto reclamar de suas próprias decisões. Foi você mesmo que se inscreveu, sem coação alguma, como todos os outros.

Temia que minhas palavras não se dirigissem propriamente ao anestesiado, que justo por seu torpor se mantinha inacessível a razão, mas a Rissen antes de mais nada, para que ele soubesse onde eu me situava.

– Claro que fui voluntariamente – murmurou o nº 135 surpreso e desconcertado. – Claro que sim, mas não sabia que era desse jeito. Eu achava que teria de sofrer, mas de outra forma, de um modo mais digno, e de morrer, mas de uma vez, e com entusiasmo. Não dia e noite, pouco a pouco. Eu achava que seria lindo morrer. Mas não sabia que se morria agitando os braços. Agonizando. Uma vez, vi alguém morrer na Casa: ele agitava os braços e agonizava. Foi pavoroso. Mas não era apenas pavoroso. Aquilo não pode ser imitado. Depois desse ocorrido, pensei o tempo todo em como seria bom se isso acontecesse de uma única vez. É preciso, não se pode deter. Se fosse uma coisa realmente voluntária, seria inadmissível. Mas não é voluntário. Ninguém pode impedir. É assim, e pronto. Ao morrer, podemos nos comportar de qualquer jeito, sem que ninguém possa fazer nada.

Eu retorcia um tubo de vidro nas mãos e disse baixinho para Rissen:

– O homem deve ser de alguma forma perverso. Um cidadão-soldado sadio não reage assim.

Rissen não respondeu.

– Você não se envergonha de jogar a responsabilidade... – comecei a falar, um pouco irritado, para a cobaia. Percebi que Rissen me lançou um olhar demorado, frio e satisfeito ao mesmo tempo, ao notar como enrubesci ante a ideia de que ele certamente vira que eu tentava parecer importante em sua presença. (Um pensamento injusto, aliás.) Em todo caso, eu devia completar a frase e continuei num tom de voz significativamente mais suave: – ... para outros pelo fato de que você escolheu uma profissão que mais tarde descobriu não lhe servir?

O nº 135 não reagiu ao tom de voz, mas à pergunta.

– Outros? – perguntou. – Eu mesmo? Mas eu não quero. Apesar de ser verdade, eu queria. Éramos dez os que se inscreveram em minha seção, mais do que em qualquer outra de todo o Acampamento Juvenil. A coisa irrompeu como um furacão no acampamento. Muitas vezes me perguntei como tudo começou. Tudo desembocava no Serviço Voluntário de Cobaias. Nos primeiros anos eu ainda pensava: isso é nobre. Acabamos nos inscrevendo. E quando olhávamos um para o outro, mal conseguíamos vislumbrar um ser humano. Os rostos, entendem? Como fogo. Não carne e sangue. Santas, divinas. Nos primeiros anos, pensei: vamos viver algo além do que qualquer mortal comum pode viver, e agora estamos pagando o devido, sabemos disso, depois do que pudemos ver... Mas não aguentamos mais. Eu não aguento mais. Não tenho mais memória, ela me escapa, cada vez para mais longe. Antes brilhava, às vezes inesperadamente, mas cada vez que a busco (e preciso buscá-la para encontrar mais uma vez o sentido de minha vida), noto que ela não mais me responde, fugiu para muito longe. Acho que exauri minha memória de tanto forçá-la. Às vezes fico deitado sem dormir e penso em como seria minha vida se eu fosse um homem comum, se eu tivesse vivido um grande momento uma vez só, ou se não o tivesse experimentado ainda, ou se toda essa grandiosidade pudesse se espalhar pela vida, então tudo faria sentido; se, enfim, tudo pelo menos não tivesse passado tão inexoravelmente. Preciso de um agora, entendem? Não apenas de um momento desaparecido que será revivido pela vida afora. Impossível suportar tudo isso, embora uma vez tenhamos consentido... Sentimos vergonha. Vergonha por termos traído o único momento na vida que teve algum valor. Trair. Por que se trai? Quero apenas ter uma vida comum para reencontrar o sentido de tudo. Eu me sobrecarreguei. Não aguento. Amanhã registro minha renúncia e acabo com isso.

O homem relaxou um pouco. E ainda uma vez mais quebrou o silêncio.

– Será possível encontrar um tal momento uma vez... Quando se morre? Pensei muito nisso. Eu morreria com prazer. Se não se tem mais nada na vida, ao menos a morte se pode ter. Quando digo que não suporto mais, quero dizer: eu não suporto mais viver. Não penso: eu não suporto morrer, pois isso se suporta, morrer se suporta sempre, porque então podemos fazer o que queremos...

A cobaia se calou e permaneceu quieta, recostada no espaldar da cadeira. Uma palidez esverdeada começou a espalhar-se em seu rosto. O corpo estremeceu quase imperceptivelmente num rápido soluço. As mãos escorregaram tateando ao longo dos braços da cadeira, e o homem todo parecia despertar, nervoso e com náuseas. Nada surpreendente, pois tomara uma dose dupla. Ofereci a ele algumas gotas de calmante em um copo d'água.

– Ele vai voltar logo a si – disse eu. – Está se sentindo um pouco mal agora que o efeito está passando. Depois melhora. De certa forma, agora vai ter de enfrentar o trabalho mais desagradável que já teve, vai sentir seu medo e sua vergonha mais uma vez. Julgo que vale a pena observar.

Em verdade, Rissen não tirava os olhos do nº 135; parecia que ele, e não a cobaia, era quem se envergonhava. O homem a nossa frente, de fato, não nos ofereceria nenhuma visão encorajadora. As veias da têmpora inchavam e latejavam, e os músculos do canto dos lábios se contraíam num horror reprimido, de modo visivelmente pior do que o que ele escondia ao entrar na sala. Mantinha os olhos fechados, como se esperasse que, com o passar do tempo, a clara imagem guardada na memória fosse apenas um pesadelo.

– Ele vai se lembrar de tudo o que aconteceu? – perguntou Rissen em voz baixa.

– Temo que sim. Mas ainda não sei se devemos julgar isso uma vantagem ou um prejuízo.

Com visível aversão, finalmente, a cobaia decidiu abrir os olhos, de modo a poder seguir tateando pelo soalho. Curvado e inseguro, ele se afastou alguns passos da cadeira sem ousar nos encarar.

– Devo agradecer a você pelo serviço prestado – disse enquanto me sentava à mesa. (Agradecimento de praxe, ao qual o interpelado deveria responder: "Apenas cumpri minha obrigação", mas nem mesmo um formalista, como eu naquele tempo, tinha a coragem de seguir à risca as convenções com cobaias após uma experiência). – Vou escrever tudo isso em um atestado, e você vai poder receber a indenização no caixa quando quiser. Vou colocar a classificação 8: prejuízos moderados sem danos consequentes. Praticamente não se pode falar em dor ou mal-estar, de modo que devia colocar a 3. Mas me parece que você, hum, como direi? Está um pouco envergonhado.

A cobaia apanhou o papel descuidadamente e avançou cambaleante até a porta, parou indeciso por alguns segundos, voltou-se de súbito e gaguejou:

– Devo confessar que não entendo o que aconteceu comigo. Era como se estivesse inconsciente e dissesse coisas que não acredito. Duvido que alguém goste mais do próprio serviço do que eu e jamais me ocorreria a ideia de abandoná-lo. Espero sinceramente que tenha mais chances de demonstrar minha boa vontade sofrendo as mais difíceis experiências pelo bem do Estado.

– É bom que você fique à nossa disposição até sentir sua mão curada – disse eu, sem pensar muito no assunto. – Caso contrário, seria difícil ser designado para outro trabalho. Fora isso, o que mais você aprendeu? Pelo que sei, não se costuma desperdiçar instrução extraordinária com nenhum cidadão-soldado, e um homem em sua idade não deve ser jogado em nenhuma outra área, principalmente pelo fato de que não se pode pensar em espécie alguma de "invalidez" na profissão que você escolheu...

Hoje sei que falei com arrogância e superioridade. O fato é que deixei transparecer uma visível aversão em relação à minha primeira cobaia. Suponho ter razões suficientes para tal atitude: a covardia e a irresponsabilidade que o homem escondia sob uma máscara de coragem e espírito de sacrifício para agradar seus chefes. De fato, a orientação geral do Sétimo Departamento fez meu sangue ferver. Tratava-se, no caso, de covardia dissimulada; pude constatar pessoalmente quão odiosa era, embora eu não notasse então quando se tratava de desespero dissimulado.

O que, pelo contrário, eu não via claramente era uma outra razão para a minha hostilidade, uma que só mais tarde descobri e entendi: inveja crescente. Sua curta e entusiástica caminhada do acampamento juvenil ao escritório de propaganda no dia em que se inscrevera no Serviço Voluntário de Cobaias – sim, era isso que eu invejava. Teria um momento assim abrandado minha sede inextinguível, que eu inutilmente tentava saciar com Linda? Embora não chegasse a completar tais pensamentos, sentia que o homem era um agraciado, mas ingrato, e isso me tornava implacável.

Por outro lado, o comportamento de Rissen me surpreendeu. Ele se dirigiu ao nº 135, pôs a mão em seu ombro e disse, em um tom caloroso que dificilmente alguém empregaria com adultos, em especial entre homens, o tom de uma mãe muito carinhosa que fala com seus filhos pequenos:

– Não tenha mais medo. Você sabe muito bem que nada pessoal sai daqui. É como se nada tivesse sido dito.

O homem levantou os olhos timidamente, virou-se com rapidez e desapareceu porta afora. Eu podia entender seu embaraço. Fosse ele um bocado mais orgulhoso, pensei, certamente teria cuspido na cara de um chefe que se comportava tão familiarmente em relação a um subordinado. E logo depois pensei: como se pode reverenciar e obedecer a um chefe assim? Aquele que ninguém precisa temer tampouco pode exigir qualquer respeito naturalmente devido, pois deferência significa um reconhecimento de força, superioridade, poder – e força, superioridade e poder são sempre perigosos para a convivência.

Estávamos sós, Rissen e eu, e um longo silêncio caiu sobre a sala. Eu não gostava das pausas de Rissen. Não eram repouso nem trabalho, mas algo intermediário.

– Eu sei o que o senhor pensa, meu chefe – disse eu finalmente para interromper o silêncio. – O senhor acha que isto não prova nada. Eu poderia ter instruído o homem anteriormente. O que ele disse era de fato pessoalmente comprometedor, mas não passível de punição. Não é isso que o senhor pensa?

– Não – disse Rissen, parecendo ter despertado. – Não, não penso isso. Ficou perfeitamente claro que o homem disse diversas coisas que estavam em seu íntimo, mas que não queria dizer nem à custa de sua vida. Não há dúvida de que era verdadeiro, tanto o que confessou como a vergonha posterior.

Para meu próprio interesse, deveria estar contente por sua credulidade. Mas estava irritado, pois julgava tudo ter sido fácil demais. Em nosso Estado Mundial, onde cada um de nós, cidadãos-soldados, desde os tenros anos, era educado para um rígido autocontrole, não seria de todo impossível que o nº 135 tivesse desempenhado uma grandiosa interpretação, embora não parecesse ser este o caso. Mas calei minha crítica e apenas respondi:

– Seria indisciplina se eu propusesse continuarmos?

O estranho homem pareceu não ter notado minha pergunta e disse:

– É uma descoberta misteriosa. Como chegou até ela?

– Complementei experiências precedentes. Uma droga com efeitos semelhantes foi descoberta há cerca de cinco anos, mas seus efeitos tóxicos secundários levavam as cobaias, quase sem exceção, a acabar em hospícios, mesmo quando utilizadas uma única vez. O descobridor destruiu um bom número de pessoas com ela e recebeu advertências tão severas que tudo foi suspenso. Agora consigo neutralizar os efeitos secundários. Concordo, eu estava de fato muito animado para ver como as coisas correriam na prática...

E rápido, quase casualmente, acrescentei:

– Espero que minha descoberta receba o nome de kallocaína, por ter sido eu quem a descobriu.

– Claro, claro – disse Rissen com indiferença. – Você já pensou no grande significado que sua descoberta ainda terá?

– Perfeitamente. Quando a necessidade é premente, a solução surge logo. Como o senhor sabe, os falsos testemunhos começam a inundar os tribunais. Dificilmente se instrui um processo em que os depoimentos das diferentes testemunhas não se contradigam, e de uma forma que não pode absolutamente depender de erro ou negligência. Do que depende isso, ninguém conseguiu atinar, mas acontece.

– Será assim tão difícil? – perguntou Rissen, enquanto tamborilava na mesa de uma forma que me irritava. – Será realmente tão difícil descobrir? Permita-

-me uma pergunta, e você não precisa responder se não quiser, mas acha que o perjúrio é maléfico em toda e qualquer circunstância?

– Naturalmente que não – respondi, um tanto agastado. – Não, se o bem do Estado o exige. Mas não se pode afirmar isso de um processo qualquer.

– Sim, mas reflita – disse Rissen maliciosamente, inclinando a cabeça. – Não é para o bem do Estado que um bandido é apanhado, embora talvez seja inocente do crime pelo qual está sendo acusado no momento? Não é para o bem do Estado que meu inimigo inútil, pernicioso e antipático é preso, mesmo que nada tenha feito de punível ante a lei? *Ele* exige consideração, evidentemente, mas que direito ele tem de fazer tal exigência?

Eu não sabia muito bem onde Rissen queria chegar, e o tempo corria. Apertei logo a campainha para chamar a próxima cobaia e, enquanto aplicava a injeção, respondi:

– Em todo caso, está provado que isso é um abuso sem proveito algum para o Estado, pelo contrário. Minha descoberta vai solucionar esse problema com facilidade. As testemunhas podem agora ser controladas, e mais ainda, vão ser supérfluas, pois os criminosos confessam alegremente e sem reservas após uma pequena dose. Conhecemos as inconveniências de terceiro grau, mas, veja bem, não critico o método empregado enquanto não tivermos outro à disposição. Não podemos circular prazerosamente e nos solidarizar com criminosos sem ter peso algum na consciência...

– Você acha então que tem uma consciência excepcionalmente sólida e limpa – disse Rissen secamente. – Ou está só brincando? Minha experiência é outra, a de que nenhum cidadão-soldado acima dos quarenta tem a consciência exatamente limpa. Durante a juventude, alguns têm, mas depois... Você não tem mais de quarenta?

– Não, não tenho – respondi tão calmo quanto podia, felizmente voltado para a nova cobaia, sem precisar encarar Rissen.

Eu estava revoltado, e não só por suas insolências. O que me irritava eram as generalizações. Ele pintara uma situação intolerável: todo cidadão em idade madura portaria uma consciência suja crônica! Embora não expressasse diretamente isso, senti suas afirmações como um ataque aos valores que eu supunha mais sagrados.

Ele certamente notou a reserva em meu tom de voz e entendeu que fora longe demais. Continuamos trabalhando sem mais palavras senão as absolutamente necessárias.

Quando tento lembrar as experiências seguintes, vejo que elas não mais têm os mesmos contornos nítidos, as mesmas cores e vida da primeira. Esta fora naturalmente a mais surpreendente, mas eu ainda não conseguia me sentir totalmente seguro de que meu método se mostraria sempre eficaz, embora o tivesse sido na primeira vez. Suspeito que o que me incomodava era minha indignação contra Rissen. Por mais que trabalhasse de forma minuciosa, não utilizava mais que a metade da minha atenção, e isso talvez porque este trabalho não me deixava tão profundas raízes na memória como a primeira experiência. Por isso não me preocupo em descrever detalhes. Para mim é suficiente poder reproduzir a impressão fundamental.

Depois de examinarmos mais cinco cobaias antes do meio-dia, e mais duas outras, cada uma mais ensimesmada e miserável que a outra, eu me sentia completamente arrasado e invadido por um desespero crescente, mesclado de horror. Será apenas a ralé que busca o Serviço Voluntário de Cobaias? Mas eu sabia perfeitamente não ser assim. Sabia que exigiam nobres qualidades de quem desejasse ingressar lá; exigiam coragem, espírito de sacrifício, desprendimento e determinação antes de alguém se dedicar a tal profissão. Tampouco podia ou queria imaginar que a profissão destruísse quem a escolhera. Mas a ideia que tive dos sentimentos privados das cobaias era desoladora.

O nº 135 havia sido covarde e escondido sua covardia. Tivera ao menos um belo gesto, ao considerar sagrado o grande momento de sua vida. Os demais eram tão covardes quanto ele, em maior ou menor grau. Existiam os que se queixavam, não só de suas funções, ferimentos, doenças e medo, como dos destinos que haviam escolhido para si, como ainda também de um amontoado de insignificâncias, as camas da Casa, a nutrição cada vez pior (eles também haviam observado isso!), negligências na assistência médica. Era possível imaginar que tivesse existido um grande momento em suas vidas, mas que naufragara irremediavelmente. Talvez não tivessem despendido tão grande força de vontade como o nº 135 para manter aquilo à tona. Verdade seja dita: por pouco heroico que o nº 135 parecesse sob o efeito da kallocaína, quando mais tarde eu o comparava aos outros, ele começava a parecer como uma espécie de herói.

Para, além disso, existia uma série de coisas que me causavam repugnância e temor nas outras cobaias que utilizamos no primeiro momento: bizarrices mais ou menos desenvolvidas, fantasias lúgubres, libertinagens cultivadas em silêncio. Havia algumas que não se beneficiavam da Casa, eram casadas e tinham residência própria; expunham seus problemas conjugais de forma deplorável e ao mesmo tempo ridícula. Em suma, nada se podia esperar do Serviço Voluntário de Cobaias, nem dos cidadãos-soldados do Estado Mundial, nem mesmo da espécie humana em geral.

E para cada um, Rissen prometera solenemente que os valiosos segredos estavam em boa guarda. Não era fácil para mim engolir isso.

Após um caso especialmente grave – o último antes do meio-dia –, um ancião que divagava sobre impulsos homicidas, embora obviamente nunca houvesse cometido algo, nem tivesse jamais ocasião para tal, não pude deixar de dar livre curso ao meu penoso estado de espírito de me dirigir a Rissen com um bastante justificado pedido de desculpas pelas cobaias...

– Você acha realmente que eles são ovos podres isolados? – perguntou Rissen em voz baixa.

– Certamente, podem não ser todos homicidas em potencial, mas parecem ser mais miseráveis que o permissível.

Esperei uma aprovação. Isso teria me aliviado e distanciado de toda aquela situação embaraçosa. Quando observei que ele não compartilhara da minha intensa aversão, tudo se tornou ainda mais embaraçoso. Mesmo assim, a conversa continuou enquanto nos dirigíamos à sala de refeições.

– O permissível, sim, o permissível – disse Rissen. Mudou de tom e de assunto e continuou: – Esteja contente por não termos encontrado santos e heróis da espécie permissível; acho que eu me sentiria menos convencido então. Além do mais, tampouco encontramos um verdadeiro criminoso.

– Isso é verdade, mas veja este último, este último! Admito que ele nada fez de mau, e não creio que chegue a cometer nenhum dos crimes sobre os quais divaga, velho como é e estando sob os cuidados da Casa, onde a vigilância certamente não terá falhas. Mas imagine se fosse mais jovem e tivesse a possibilidade de colocar em prática suas intenções! Em tais casos, minha kallocaína seria muito oportuna. Com ela seria possível prever e prevenir muitas atrocidades que agora eclodem de repente, sem que consigamos ver que elas estão se aproximando...

– Desde que se encontrem as pessoas certas. Isso tampouco é fácil. Pois você certamente não está querendo dizer que todos deveriam ser examinados...

– Por que não? Por que não todos? Sei que se trata de um sonho distante, mas mesmo assim! Prevejo um tempo em que todos os preenchimentos de postos serão precedidos de um teste com a kallocaína, como agora são precedidos de provas psicotécnicas. Dessa forma, não apenas a capacitação profissional de uma autoridade pode se tornar conhecida publicamente, mas também seu valor como cidadão-soldado. Sonho inclusive com um exame anual com a kallocaína de cada um dos cidadãos-soldados...

– Seus planos futuros não são pequenos... E isso exigiria um aparato imenso.

– O senhor tem toda a razão, meu chefe. Isso vai exigir um aparato enorme. Seria necessário um novo órgão público com legiões de funcionários, os quais seriam removidos das atuais organizações militares e industriais. Antes de estabelecer esta nova ordem, precisamos obviamente atingir o aumento populacional pelo qual lutamos durante tantos anos, mas do qual ainda não vimos sinal algum. Talvez pudéssemos esperar por uma nova e grande guerra de conquista que nos tornasse mais ricos e produtivos.

Mas Rissen balançava a cabeça.

– De forma alguma. Se chegarmos à conclusão de que seu plano é o mais necessário de todos, o único necessário, o único capaz de aliviar nossas apreensões superiores, sim, *superiores*, você pode ter certeza de que este órgão público será criado. Para isso talvez seja necessário baixar nosso nível de vida e aumentar o ritmo de trabalho, mas a grandiosa sensação de tranquilidade e segurança total substituirá o que perdemos.

Eu não estava muito certo se Rissen falava sério ou ironizava. Por um lado, eu lastimava a ideia de um baixo nível de vida futuro. (Somos ingratos, pensei, somos ávidos de prazeres e egoístas, mesmo quando se trata de algo superior às satisfações individuais.) Por outro lado, estava lisonjeado por pensar que a kallocaína poderia um dia desempenhar tal papel. Mas antes que pudesse responder, Rissen acrescentou, em outro tom:

– Com toda a certeza, este será o último refúgio de nossa vida privada a ser devassado.

– Mas *isso* não importa – respondi alegremente. – A coletividade está pronta para conquistar a última região em que as tendências associais antes podiam se esconder. Vejo agora claramente que a grande comunidade se aproxima de sua culminância.

– Comunidade – repetiu Rissen lentamente, como se duvidasse.

Nunca tive tempo de respondê-lo. Estávamos em frente à porta do refeitório e precisávamos nos separar para ocupar nossos lugares em diferentes mesas. Parar e concluir nossa conversa era impossível, em parte porque isso suscitaria questionamentos, em parte porque estávamos no caminho da corrente de homens famintos por seus almoços. Mas enquanto me dirigia ao meu lugar e me sentava, pensei no tom cético de Rissen e fiquei irritado.

Ele sabia o que eu queria dizer, aquela não era uma descoberta pessoal minha, a comunidade. Cada cidadão-soldado aprendia desde criança a diferença entre vida inferior e superior. A inferior, simples e indiferenciada, por exemplo, as plantas e os animais unicelulares; e a superior, complexa e extremamente diferenciada, por exemplo, o corpo humano, em seu perfeito e funcional desenvolvimento. Cada cidadão-soldado também aprendia ocorrer o mesmo com as formas de sociedade – de uma horda informe, o corpo social desenvolveu-se até a mais organizada e diferenciada de todas as formas: o nosso atual Estado Mundial. Do individualismo ao coletivismo; do isolamento à comunidade – este foi o caminho do colossal e sagrado organismo, no qual o indivíduo é apenas uma célula sem mais significado que o de servir à unidade do conjunto. Todos aprendiam isso desde os acampamentos juvenis, e Rissen também devia saber. Além disso, certamente ele havia compreendido o que não era difícil de compreender: que a kallocaína era um meio necessário para esse desenvolvimento, pois ampliava a grande comunidade até o âmago de cada ser, até aquilo que antes cada um conservava para si mesmo. Será que Rissen não entendeu algo assim tão lógico, ou não queria entender?

Olhei para a mesa em que ele estava. Rissen estava sentado em sua postura negligente, mexendo a sopa com um ar distraído. O homem me perturbava de alguma forma. Não era apenas estranho, diferente dos outros, até ridículo, era também estranho de um jeito que eu interpretava como perigoso. Não sabia ainda em que consistia esse perigo, mas isso dirigia minha atenção involuntariamente para tudo o que ele dizia ou fazia.

Nossa experiência continuaria após o almoço, e agora se tratava de algo mais complexo. Eu planejara isso pensando em um chefe de controle mais cético que Rissen, pois a meticulosidade era uma virtude. Minhas tentativas não ficariam ao nível do chefe de controle: se ele as aprovasse, seriam discutidas em muitos círculos das Cidades Químicas. As cobaias que agora havíamos solicitado não precisavam ser sadias, isso fora especialmente salientado; bastava que estivessem em pleno domínio de seus sentidos. Por outro lado, precisavam satisfazer outra condição, dificilmente exigida nas cobaias solicitadas: deveriam ser casadas.

Telefonamos ao chefe de polícia pedindo permissão para esta nova experiência. Embora tivéssemos à nossa disposição corpo e alma dos funcionários do Serviço

Voluntário de Cobaias, sem mais justificativas que o bem do Estado, não dispúnhamos, no entanto, de suas esposas e maridos, tampouco dos outros cidadãos-soldados. Para isso precisávamos ter permissão especial do chefe de polícia. No começo, ele recebeu a solicitação de malgrado, julgando-a desnecessária, pois existiam cobaias profissionais. Naturalmente não sabia bem do que se tratava, mas quando insistimos o suficiente para que ele, em sua pressa, se tornasse impaciente, e o convencemos de que nada pior que medo e um mal-estar passageiro aconteceria com os escolhidos, o homem finalmente deu sua permissão. Ordenou-nos, no entanto, que passássemos lá à noite para para que prestássemos maiores informações com calma e tranquilidade.

As dez cobaias escolhidas foram chamadas uma a uma. Alguns homens, algumas mulheres, todos com cônjuges cuja atividade estava fora do Serviço Voluntário de Cobaias. Em meu fichário tive de anotar não apenas seus números, como também nomes e endereços, o que não constava na ficha pessoal, e isso despertou certa surpresa e apreensão. Tive de tranquilizá-los e colocá-los a par do assunto.

O plano era este: ao chegar em casa, deviam mostrar, ante o marido ou esposa, sinais de inquietude e nervosismo, ou, se fosse mais fácil, um certo otimismo idílico em relação ao futuro. Interrogados, deveriam finalmente revelar em confidência terem aceitado um trabalho de espionagem. Um desconhecido lhes segredara ao ouvido no metrô que poderiam ganhar muito dinheiro, bastando apenas desenhar um mapa dos laboratórios em torno da central do Serviço Voluntário de Cobaias e dos subterrâneos do metrô, aproximadamente, como os imaginavam. Depois restava esperar, e não revelar de jeito nenhum que isso se tratava de uma experiência.

Na mesma noite fomos até a Casa de Polícia, devidamente munidos de credenciais assinadas pelo mais alto chefe de nossos laboratórios, como também de uma licença de visita à Casa de Polícia, enviada expressamente. Não foi fácil para mim trocar meu serviço policial-militar noturno por um posterior serviço dobrado. Estávamos, no entanto, contentes por ter conseguido entrar em contato com o chefe de polícia; precisávamos de sua ajuda para o que pretendíamos fazer. Convencê-lo foi um trabalho bastante difícil, não porque ele tivesse a cabeça dura para entender, pelo contrário, mas pelo fato de estar mal-humorado e desconfiado diante de quem quer que fosse. Devo reconhecer que sua desconfiança me deu melhor impressão do que a credulidade de Rissen. Embora ela por vezes se abatesse sobre mim, tinha sua razão de ser, e quando finalmente ele concordou conosco, tive a sensação de ter aberto uma porta segura com a chave certa e devida, e não com um pé de cabra ou pontapé.

O caso era este: precisávamos dispor das pessoas, dos maridos e esposas, depois que estes recebessem as confidências de seus cônjuges, nossas cobaias. Estes seriam denunciados nos termos da lei como cúmplices de uma conspiração e detidos conforme as regras habituais, e mais tarde, conduzidos até nós. Se ele quisesse colocar seus policiais a par disso, ou se preferia saber sozinho do que se tratava, era um problema seu. O mais importante era que os maridos e mulheres das cobaias fossem mais tarde submetidos à kallocaína. Se assim o desejasse, ele poderia constatar pessoalmente que os detidos não sofreriam qualquer lesão conosco, pois a coisa pública não seria danificada desnecessariamente. Se quisesse vir em pessoa ou enviar algum representante, ficaríamos lisonjeados da mesma forma. Penso ter sido aquele "em pessoa" que o tornou mais concessivo. Apesar de seu mau humor, estava curioso para ver como funcionava a minha descoberta. Quando finalmente recebemos a confirmação escrita da promessa feita ao telefone, com a assinatura de Vay Karrek, em grandes, angulosos e fortes caracteres, alertamos-lhe que alguns dos cônjuges que nada sabiam poderiam decidir denunciar o suposto criminoso. Como tudo era apenas um jogo, isso não precisava necessariamente conduzir a qualquer prisão – deixamos com ele a lista com os nomes das cobaias –, pelo contrário, seríamos gratos se nos enviasse o denunciado até a manhã do dia seguinte, se possível.

Cansados, mas satisfeitos com o resultado da visita, deixamos a Casa de Polícia.

Ao chegar em casa e entrar no quarto – Linda já estava deitada –, encontrei um comunicado em minha mesa de cabeceira. Tratava do serviço policial-militar: fora prolongado de quatro para cinco noites por semana. Até segunda ordem, as autoridades julgavam ser obrigadas a reduzir as noites em família de duas para uma, enquanto a noite de festa e conferências mantinha-se a mesma. (Esta última era necessária não apenas para educação e recreação dos cidadãos-soldados, como também para a perpetuação do Estado. De outro modo, onde e quando os cidadãos-soldados que já haviam deixado os acampamentos juvenis poderiam encontrar-se e enamorar-se? Mesmo Linda e eu tínhamos de agradecer às noites de festa e conferência pelo nosso casamento). Esta comunicação estava de acordo com os sinais que eu observara antes, e vi que na mesa de Linda havia outro papel igual.

Todos os serviços possíveis acabavam reduzindo as noites em família, isso eu sabia por experiência. Poderia inclusive transcorrer um longo tempo sem que eu tivesse uma noite para mim mesmo. Como ainda não era muito tarde e pessoalmente não me sentia tão cansado como após as noites de serviço, decidi fazer rapidamente o que ainda precisava ser feito. Sentei e escrevi a autocrítica que pediria para ser transmitida pelo rádio.

> Eu, Leo Kall, funcionário da seção experimental do maior laboratório de venenos orgânicos e meios anestésicos da Cidade Química nº 4, tenho uma autocrítica a apresentar.
>
> Durante a festa de despedida dos operários chamados, no acampamento juvenil, dia 19 de abril do corrente ano, cometi um grave erro. Acometido de uma falsa piedade, dessas que têm como causa lamentações individuais, e de um falso heroísmo, desses que se voltam preferencialmente para o trágico e obscuro em vez de voltar-se para o belo e luminoso da vida, fiz a seguinte palestra.
>
> (A palestra estava incluída e deveria ser lida em tom ligeiramente irônico.) Sobre esta palestra, o Sétimo Departamento do Ministério de Propaganda expediu a

seguinte declaração: Quando um guerreiro totalmente devotado etc. (A declaração precisava ser repetida, pois era mais importante para os ouvintes, constituindo um precedente aviso para todos que se expunham ao perigo da mesma ideia e sentimentos). Assim, apresento minhas desculpas por meu lamentável erro e reconheço profunda e inteiramente o justificado desagrado do Sétimo Departamento do Ministério de Propaganda, e também me sinto disposto a daqui por diante corrigir-me segundo tão convincente exposição do problema.

Na manhã seguinte, pedi para Linda reler o que eu tinha escrito, e ela ficou satisfeita. Não continha nenhum exagero, ninguém poderia descobrir alguma secreta ironia, ao mesmo tempo que não podia falar de um falso orgulho. Bastava apenas passar a limpo, enviar, e depois esperar na fila a vez na hora de autocríticas da rádio.

5

O experimento logo tomou uma direção bastante ameaçadora. Já cedo pela manhã telefonamos à Casa de Polícia para saber se algo ocorrera, e mesmo assim estávamos atrasados. Dos dez casos, nove já haviam sido denunciados por seus cônjuges. Ainda não se sabia se o décimo estava ou não a caminho – em todo caso, a ordem de prisão fora expedida, e podíamos contar com a pessoa em questão em nosso laboratório em duas ou três horas.

As perspectivas não eram exatamente brilhantes. Devo admitir ter ficado um pouco surpreso com a lealdade e rapidez de reações demonstradas pelos denunciantes – feliz constatação, naturalmente, caso não se tratasse de um experimento. A tentativa precisava ser repetida, isso era certo. Precisávamos apresentar pelo menos alguns casos seguros, antes que a descoberta pudesse ser utilizada pelo Estado.

Pedimos outro grupo de dez cobaias casadas, e eu repeti a elas minha rápida palestra do dia anterior. Tudo transcorria da mesma forma, a única diferença é que todos se encontravam em pior estado ainda – dois, inclusive, caminhavam com bengalas e outro tinha uma bandagem cobrindo a cabeça. Certo, cobaias casadas geralmente são raras, e precisamente nessa experiência as bengalas não interfiriam em nada – mas mesmo assim! Nos últimos tempos a falta de cobaias era cada vez mais evidente. Eram consumidas no transcurso dos anos, e algo precisava ser feito para que o trabalho pudesse continuar no mesmo ritmo. Mal se afastaram da sala e explodi:

– Mas isso é um absurdo! Em breve não teremos nenhuma cobaia. Vamos ter de utilizar moribundos e pessoas com transtornos mentais! Não estaria já em tempo de as autoridades lançarem imediatamente uma nova campanha como a de que falou o nº 135, para preencher as vagas?

– Nada impede que você faça uma reclamação – disse Rissen, e encolheu os ombros.

Tive uma ideia. Naturalmente, e com razão, as autoridades não poderiam dar muita atenção à reclamação de um único cidadão-soldado. Por outro lado, podia-se muito bem arranjar uma lista de nomes em todos os laboratórios da cidade onde se utilizassem cobaias e se observasse a falta destas. Decidi usar uma noite em que não estivesse excessivamente cansado, na pior das hipóteses uma noite livre, para formular o pedido, que depois poderia ser reproduzido e enviado às diferentes instituições. Tal espírito de iniciativa só podia ser visto como positivo, pensei.

As horas transcorridas até a chegada do prisioneiro se transformaram numa espécie de interrogatório, conduzido por Rissen, a respeito da kallocaína e seus similares mais próximos dos pontos de vista químico e medicinal. Ele era competente em sua especialidade, isso não posso negar. Creio que me saí muito bem, e estava surpreso por ele ter me julgado digno de tal exame. Seria sua intenção declarar-me competente para um posto mais alto? Vendo as coisas com objetividade, eu estava certo disso, no entanto... Perecebi que ele teria sentido minha desconfiança como uma chicotada, e queria responder na mesma moeda. Mas no fundo eu não alimentava grandes esperanças em relação a sua amabilidade. O que ele esperava ou exigia de mim no futuro era imprevisível. No entanto eu não me deixaria embalar por falsas certezas.

Próximo à hora marcada, um homem entrou e anunciou-se como Karrek, o próprio chefe de polícia. Ele devia estar muito interessado no experimento! Claro que era uma honra para toda a instituição, mas ainda mais para mim, que um homem tão poderoso se interessasse por minhas ideias. Com um ar um tanto irônico – provavelmente pensava consigo estar manifestando com desenvoltura sua curiosidade –, jogou-se na cadeira que oferecemos. Logo após foi trazida a prisioneira, uma mulher bastante jovem, delicada e um pouco frágil. Sua pele era incomumente branca, ou talvez a brancura do rosto se devesse ao espanto.

– Você enviou uma denúncia à polícia? – perguntei para me certificar.

– Não – respondeu ela perplexa, e ficou um pouco mais pálida, se isso fosse possível.

– E você tampouco tem algo a confessar? – perguntou Rissen.

– Não! – Agora a voz era firme, sem tom nenhum de surpresa.

– Você é acusada de cumplicidade em conspiração contra o Estado. Pense bem: nenhuma pessoa próxima a você falou algo sobre manobras subversivas?

– Não! – respondeu com firmeza.

Suspirei aliviado. Ela ainda não tinha denunciado o marido, ou por atitude criminosa ou por simples falta de tempo, em todo caso, mesmo *agora* não estava inclinada a confessar. Provavelmente tinha medo. Sua postura tensa e as feições rijas deixariam entrever em circunstâncias normais uma brava e enérgica cidadã-soldado. Contudo, nesse momento tais feições lhe conferiam um aspecto insubmisso e rebelde. Quase sorri ao pensar que ilusão ela esconderia como um precioso segredo e como nós arrancaríamos dela – nós, que sabíamos o seu valor... Ainda mais quando se pensava em tudo que ela suportara inutilmente: fora conduzida expressamente em vagões blindados pelos mais profundos subterrâneos do metrô, somente utilizados pelo Exército e pela Polícia, com mordaça e algemas, vigiada por dois policiais, como era praxe no transporte de subversivos. Mas meu sorriso jamais se completou. Embora a história não passasse de uma mentira e o interrogatório, de uma encenação, a participação dela era, no entanto, verdadeira e criminosa, fosse por má intenção, fosse por negligência.

Quando foi sentada na cadeira, estava prestes a desmaiar. Certamente tomara meu inocente laboratório por uma câmara de torturas, onde tentaríamos extrair dela o que não queria dizer. Enquanto Rissen a amparava em seu desmaio, injetei a droga em seu braço e, em silêncio, esperamos os três, o chefe de polícia, Rissen e eu.

Desta frágil e aterrorizada cobaia, que nem mesmo era profissional, mas amadora, se nos é permitido utilizar uma expressão tão consagrada, era possível esperar uma reação chorosa como a do nº 135, minha primeira cobaia. Mas ocorreu o contrário. Os traços rijos e tensos se distenderam lentamente, dando-lhe ao rosto, aos poucos, a pureza interior de uma criança. As veias congestionadas da testa desapareceram. Sobre as faces magras, os pontos salientes deixaram escapar um sorriso quase feliz. Ela se endireitou bruscamente na cadeira, abriu bem os olhos e suspirou fundo. Permaneceu longos minutos em silêncio, tanto que até comecei a temer que minha kallocaína se mostrasse ineficaz.

– Não, não há motivo algum para ter medo – disse ela finalmente, em tom hesitante e aliviado. – Ele deve saber disso também. Nada de dor, nada de morte. Coisa nenhuma. Ele sabe disso. Por que eu não diria nada, então? Por que também eu não queria falar sobre esse assunto? Claro, ele me contou, falou sobre isso ontem à noite, e agora compreendo que ele já sabia muito bem o que eu só soube agora: que não existe nada a temer. Ele já sabia quando falou comigo. Jamais esquecerei isso. Que ele ousou. Eu jamais teria ousado. Que ele tenha ousado é um orgulho para a minha vida, serei agradecida até o resto de meus dias, viverei de gratidão para poder retribuir isso a ele.

– O que é que ele ousou? – interrompi, ansioso por chegar ao cerne da questão.

– Falar comigo. Sobre algo que eu não teria ousado...

– E sobre o que ele falou?

– Isso não importa. Não significa nada. Uma besteira qualquer. Alguém queria que ele passasse informações, fisesse esboço de mapas, e pagaria por isso. Ele ainda não entregou nada. Disse que está pensando em fazer, não entendo por quê. Eu jamais faria algo assim. Ele falou comigo sobre isso; eu quero continuar falando com ele. Ele acabará me entendendo, ou eu entendendo a ele. Chegaremos a nos entender mutuamente e ter uma vida comum. Estou com ele. Com ele nada tenho a temer. Ele não teve medo de mim.

– Esboços de mapas? Mas você não sabe que toda tentativa de fazer mapas desse tipo é estritamente proibida e considerada conspiração contra o Estado?

– Claro, sei muito bem disso, estou dizendo é que não o entendo – disse ela impacientemente. – Mas nós vamos nos entender. Eu a ele ou ele a mim. Depois passaremos a agir em conjunto. O senhor talvez não entenda, mas antes eu tinha medo dele. E ele não teve medo de mim, já que me falou sobre isso. Ele não tem motivos para temer. Nunca os terá. Jamais. Compreendi que era isso que eu tinha...

– Então – interrompi rapidamente, como se nada soubesse – ele combinou de vender mapas a alguém. Que tipo de mapas?

– Dos laboratórios – respondeu com indiferença. – Mas eu compreendi que o que eu tinha...

– E você sabia que isso era conspiração? E que não denunciar seu marido é ser cúmplice na conspiração?

– Sabia, claro. Mas não é isso o mais importante.

– Você sabe algo sobre o homem que queria os mapas?

– Eu perguntei ao meu marido, mas ele pouco sabia. O homem ficou sentado ao lado dele no metrô e disse que apareceria novamente, mas não quis explicar onde nem quando, disse apenas que pagaria quando recebesse os mapas. Até lá nós deveríamos chegar a uma conclusão comum...

– Isso é o suficiente – disse eu, meio voltado para Rissen, meio voltado para o chefe de polícia. – Conseguimos extrair dela todas as informações que o marido deveria passar. O resto não tem muita importância.

– De fato interessante – disse o chefe de polícia. – Muito interessante. Seria possível mesmo tornar as pessoas tão expansivas de um jeito tão simples? Mas o senhor vai me desculpar, sou cético por natureza. Claro, tenho confiança total em sua honra e meticulosidade, absoluta. No entanto eu assistiria com prazer a mais algumas experiências. Não me leve a mal, cidadão-soldado. É perfeitamente razoável que a polícia esteja interessada em sua descoberta.

Com grande alegria dissemos que ele era bem-vindo quando quisesse, e que ao mesmo tempo poderia verificar a lista das novas cobaias. *Tomara que o novo grupo não tenha sido exposto a tão grande massacre como o último!*, pensei. Mal surgiu o pensamento, estremeci de terror: aqui estava eu esperando que um certo número de pessoas fossem cidadãos-soldados com tendências subversivas... As palavras de Rissen vieram à tona: nenhum cidadão-soldado acima dos quarenta tem a consciência limpa. E imediatamente fui tomado por uma forte aversão a Rissen, como se tivesse sido ele o responsável por esse desejo contrário ao Estado. De certa forma, talvez tivesse razão – não que meu desejo fosse sua obra –, mas sem suas palavras talvez jamais tivesse pensado nessa oposição.

A mulher se mexeu na cadeira e soltou um gemido, e Rissen passou a ela um frasco com cânfora.

Subitamente, ela despertou com um grito. Encurvou-se aterrorizada, pôs as mãos na cabeça e começou a berrar. Estava novamente em pleno uso de seus sentidos e se dera conta do que fizera.

A cena era terrível, dolorosa, embora me proporcionasse certa satisfação. Há pouco, quando ela estava sentada com uma desenvoltura infantil, eu respirara mais fundo e mais calmo, contra a minha vontade. Ela irradiava certo relaxamento que me lembrara o sono – aliás, nem mesmo sei se costumo relaxar assim quando durmo, e muito menos quando desperto. Ela acreditara estar segura com alguém, com seu marido – e ele a havia traído desde o início –, e agora também ela o traíra, embora contra a vontade. Tão irreal como seu crime havia sido sua calma de há pouco, como também era irreal seu terror agora. Pensei na Fata Morgana, que os viajantes do deserto veem sobre as camadas de sal: palmas, oásis, fontes... e em desespero se curvam, bebem nas poças salgadas e morrem. Ela agira assim, pensei, e esta é a bebida que sorvemos nas fontes antissociais, sentimentais e individualistas. Uma ilusão, uma perigosa ilusão.

Pensei que ela deveria saber toda a verdade, não para salvá-la de um remorso interno, mas para mostrar o vazio da curta segurança que ostentara.

– Fique calma. Você não tem motivo para se lamentar, ao menos por seu marido. Preste atenção no que vou dizer: *Seu marido jamais encontrou aquele homem*. Ele é totalmente inocente. Ele contou aquela história toda seguindo as nossas instruções. Era um experimento... com você!

Ela arregalou os olhos e pareceu não entender.

– A história toda de espionagem é mentira – repeti, sem poder conter um sorriso, embora na verdade não me parecesse existirem razões para sorrir. – A confiança de seu marido, ontem, não era confiança. Ele agiu assim sob nossas ordens.

Por um segundo achei que ela iria desmaiar novamente, mas então ficou rija e se endireitou. Permaneceu frágil e petrificada no meio da sala, sem dar um passo para a frente ou para trás. Eu nada mais tinha a dizer, mas não conseguia desviar meus olhos dela. Assim como estava, arrasada e imóvel como uma coisa morta, sem uma gota sequer de sua feliz segurança de há pouco, despertou-me viva piedade. Eu devia sentir vergonha de tal fraqueza, mas aquilo era forte demais para mim. Esqueci o chefe de polícia, esqueci Rissen, transbordava de um obscuro desejo de fazê-la entender que eu sentia o mesmo que ela sentia naquele momento. Emergi desse doloroso segundo de torpor com a voz do chefe de polícia:

– Acho que a mulher deve permanecer presa. A conspiração era evidentemente simulada, mas a cumplicidade não poderia ser mais real. Por outro lado, não podemos condená-la sem mais nem menos, isso precisa ser mais bem ordenado legalmente.

– Impossível! – gritou Rissen desconcertado. – Isso é um experimento, estamos falando de um funcionário nosso, quero dizer, de sua esposa...

– Como eu poderia levar isso em consideração? – perguntou Karrek, rindo.

Por uma vez ao menos fiquei totalmente do lado de Rissen.

– Uma prisão como esta acabará sendo conhecida – disse eu –, mesmo que o marido dela vá para outro lugar, o que não é fácil no caso de cobaias, debilitados de saúde como ficam. Mesmo nesse caso a história será divulgada, e um novo recrutamento para a profissão, que já é ruim, será então uma catástrofe. Por todas essas razões, preciso pedir que deixe essa mulher livre!

– Você está exagerando – respondeu Karrek. – A história, obviamente, não precisa se espalhar. Por que o marido dela não poderia ser transferido para outro lugar? Poderia ainda muito bem sofrer um acidente ao voltar para casa.

– Não creio que seja sua intenção acabar com uma de nossas poucas e preciosas cobaias – retruquei. – A mulher não é perigosa: ela não aceitará a confiança de alguém tão facilmente outra vez. Além disso – acrescentei, num súbito ataque –, se o senhor prende nossa cobaia, isso significa que o senhor já considera a kallocaína um método legal de interrogatório, e o senhor há de convir que ainda é muito cedo para isso, meu chefe...

O chefe de polícia uniu os olhos numa estreita linha e sorriu fria, mas gentilmente, e disse como quem fala a uma criança:

– Vejo que o senhor tem o dom da palavra e da lógica. Em consideração ao laboratório, renuncio à prisão, não tenho prazer pessoal algum nela. Preciso ir agora. – Ele olhou para seu relógio. – Mas voltarei para observar novas experiências.

O homem se foi, e a cobaia teve suas algemas abertas e foi liberada. Suspirei aliviado, tanto por ela quanto pelo laboratório. Ao ser conduzida, pisava dura como uma sonâmbula, e pela segunda vez um pensamento horrível me acometeu: e se eu estivesse enganado, se minha kallocaína demonstrasse ter os mesmos efeitos secundários danosos que suas precursoras, talvez nem sempre, mas em sistemas nervosos extremamente delicados? Mas me acalmei, e nenhum de meus maus pressentimentos se revelou verdadeiro. Por meio do marido dela, soube mais tarde que a mulher parecia perfeitamente normal, embora um pouco mais reservada que antes. "Se bem que reservada ela sempre foi", acrescentara ele.

Quando ficamos a sós novamente, Rissen disse:

– Ali você tinha o germe de outra espécie de comunidade.

– Comunidade? Como? – perguntei surpreso.

– Nela, na mulher.

– Ah? – disse, ainda mais surpreso. – Mas essa espécie de comunidade, sim, o senhor tem razão, meu chefe, talvez se possa chamar a isso de germe de uma comunidade, mas não mais que isso! Esse tipo de comunidade existia já na Idade da Pedra! Em nossos dias é apenas um rudimento, e um rudimento pernicioso. Não é assim?

– Hummm.

– Mas este caso é precisamente um exemplo dos mais didáticos de até onde se chega se as pessoas são excessivamente ligadas umas às outras! – tentei persuadi-lo. – A pessoa é então capaz de quebrar a mais importante das ligações, a ligação ao Estado!

– Hummm – disse ele novamente. E um instante depois: – Talvez não fosse tão ruim viver na Idade da Pedra.

– Uma questão de gosto, bem entendido. Se prefere a luta de todos contra todos ao Estado perfeitamente organizado, construído com o esforço coletivo, então talvez seja agradável viver na Idade da Pedra. Parece incrível que existam homens de Neanderthal entre nós...

Eu havia pensado exatamente nele, mas tive certo receio de dizê-lo, e acrescentei:

– Naturalmente, estou me referindo àquela mulher.

Pareceu-me que ele me voltava as costas para disfarçar um sorriso irônico. Pensei então no quanto deixamos escapar quando irritados, mesmo sem kallocaína nenhuma.

6

Quando cheguei em casa após o trabalho, o porteiro me contou que alguém solicitara uma licença provisória de superfície no distrito para poder me encontrar pessoalmente. Olhei atentamente o nome: Kadidja Kappori. Não conhecia. Pelo menos não lembrava de ter ouvido aquele nome antes. O porteiro não entendera muito bem o assunto ao telefone, acreditava tratar-se de algo a respeito de um divórcio. Mais estranho ainda. Por fim, eu estava tão curioso que me descuidei de todas as preocupações e escrevi no papel que estava disposto a receber a pessoa e indicando quando estaria disponível. Tomei o cuidado de fazer o porteiro subscrever, para que participasse do convite e controlasse o tempo de visita; depois bastaria enviar tudo ao controle distrital, que remeteria mais tarde a licença de visita ao interessado.

Eu e Linda comemos algo rápido e nos dirigimos ao serviço militar, cada um para o seu lado. O serviço havia aumentado, não só quantitativa como qualitativamente. Durante os dias seguintes, passei a considerar o período de trabalho como a parte menos exigente da jornada, enquanto minha tarefa mais pesada era o serviço noturno, muitas vezes preenchido pelas armas. Eu estava contente que minha descoberta estivesse concluída. Tivesse sido um pouco mais lento, talvez ela nunca se concretizasse, se minhas tardes continuassem sendo ocupadas como agora. Com horas tão fatigantes nas costas, nunca teria sido capaz de reunir ideias com nitidez. Felizmente, agora estava lidando com a última aplicação prática, e as coisas se encaminhavam sozinhas, especialmente porque a presença de Rissen me mantinha alerta. Era perceptível que ele também estava bastante cansado, mas como era nitidamente mais velho, não funcionava a todo vapor. Em todo caso, eu jamais cometia enganos diante dele.

Enquanto isso, a experiência parecia ter chegado a um impasse: os maridos e as esposas eram muito rápidos em delatar seus parceiros. Tivemos de recomeçar o experimento com vários grupos, e ainda continuar com a mesma experiência do primeiro dia.

Quando recomeçamos pela terceira vez, sem que um único marido ou mulher tardasse o suficiente com sua denúncia para que pudesse ser preso (e que trabalho tinha-se para reunir cobaias casadas! Na última vez tivemos de esperar três dias até que fosse reunido um número suficiente), minha noite livre caiu finalmente em meio à semana, e gozo nehum poderia me tentar mais do que a ideia de ir para a cama algumas horas antes do que geralmente se entende por hora de deitar. As crianças já haviam dormido, a empregada já fora embora, eu me espreguiçara uma última vez antes de começar a despir-me, quando soou a campainha.

Kadidja Kappori, pensei imediatamente e maldisse minha afabilidade, que me fez subscrever aquela solicitação desnecessária de visita. E o pior era que eu estava só. Linda tivera de dedicar sua noite livre a uma reunião de um comitê que preparava uma festa em honra da chefe recém-aposentada do conjunto das fábricas de produtos alimentícios da cidade, e também do novo chefe, que a substituiria no posto.

Quando abri a porta, deparei-me com uma mulher idosa, grande e com um rosto não muito inteligente.

– Cidadão-soldado Leo Kall? Sou Kadidja Kappori, e o senhor teve a gentileza de me conceder um encontro.

– Lamento muito, mas estou sozinho em casa, e por isso não posso atender a senhora. Estou desolado, sei que talvez tenha feito uma longa viagem até aqui, mas tenho certeza de que a senhora está familiarizada com os muitos casos em que o acusado tem dificuldade de provar sua inocência, pois não havia testemunhas e a polícia não estava vigiando aquele cômodo em particular...

– Mas não é esta a questão – suplicou ela. – Asseguro a você que venho com a melhor das intenções.

– Não desconfio pessoalmente da senhora, mas a senhora há de convir que qualquer um pode dizer isso. O mais seguro para mim é não continuar com esse encontro. Não a conheço, sabe-se lá o que a senhora dirá de mim mais tarde.

Eu falara bastante alto o tempo todo para acentuar minha inocência ante os vizinhos. Foi exatamente isso que lhe deu uma ideia.

– O senhor não podia talvez convidar algum dos vizinhos como testemunha? Embora eu deva confessar que de fato prefiro conversar a sós com o senhor.

Inegavelmente, era uma solução. Apertei a campainha da porta mais próxima. Ali morava um médico do pessoal dos refeitórios do Laboratório de Experiências: dele eu não conhecia mais do que a aparência e ouvia às vezes sua mulher discutir em voz excessivamente alta para as finas paredes internas do edifício. Quando apertei a campainha, ele atendeu com o cenho franzido, então falei a ele sobre o meu objetivo. Seu semblante mudou e ele pareceu interessando, finalmente concordando. Também estava só em casa. Por um momento me arrependi e me perguntei se tinha sido uma boa decisão. Em verdade, não existia motivo algum para crer que ele estivesse envolvido em alguma espécie de complô com Kadidja Kappori.

Levei ambos ao quarto e arrumei rapidamente a cama já feita para deixar o lugar mais espaçoso e fazê-lo parecer um pouco mais uma sala de estar.

– Evidentemente o senhor não sabe quem sou – começou ela. – O fato é que sou casada com Togo Bahara, do Serviço Voluntário de Cobaias.

Perdi o fôlego, embora tentasse não manifestar desagrado. Então ela era uma das leais cidadãs-soldados que arruinavam minha experiência. Com certeza viera aqui para denunciar seu marido. Por que vinha a mim em vez de ir diretamente à polícia, isso eu não entendia. Teria ela pressentido existir algo estranho no assunto? Ou talvez pensasse ser a forma menos brutal de denunciar o marido a seu chefe. Não importa, era impossível interrompê-la agora, pois já a havia recebido e o médico estava ali como testemunha. Ela continuou, com os olhos baixos:

– Aconteceu algo deplorável lá em casa. Outro dia, ao chegar, meu marido me contou algo abominável, o mais abominável de tudo, uma conspiração contra o Estado. Eu não conseguia acreditar em meus ouvidos. Estivemos juntos por mais de vinte anos, pusemos várias crianças no mundo, então eu achava que o conhecia bem. Ele tinha seus períodos de irritação nervosa e depressão, é claro, mas isso são ossos do ofício. Sou lavadeira na Lavanderia Central do distrito, e temos nossa residência lá. Porém isso não vem exatamente ao caso. Mas por favor, compreenda, eu pensava que o conhecia. Não pelo fato de que termos conversado muito, pois quando se está casado há anos, já se sabe muito bem o que se tem a dizer, de forma que nem é preciso falar. Mas você sente o que o outro quer e deseja, depois de viver juntos por mais de vinte anos em dois cômodos. Um não pensa exatamente pelo outro, mas por conta própria, seria muito estranho se subitamente as mãos virassem pés e saíssem caminhando por si mesmas... E aconteceu! Primeiro pensei: besteira! Togo não poderia ter agido assim. Porém mais tarde disse para mim mesma: ninguém pode estar totalmente seguro. Afinal, ouvimos diariamente pelo rádio e em palestras, está nos cartazes do metrô e nas ruas: NINGUÉM PODE ESTAR SEGURO! QUEM ESTÁ AO SEU LADO PODE SER UM SUBVERSIVO! Eu não estava atenta a isso antes, nunca pensei que se dirigisse a mim. Mas o que experimentei numa noite, mal consigo contar. Se meus cabelos já não fossem grisalhos, teriam se tornado naquela noite. Não conseguia imaginar que Togo, o meu Togo, fosse um subversivo. Mas qual é a aparência de um subversivo? Não aparentam ser pessoas comuns? É apenas lá dentro que eles são diferentes. Do contrário, não haveria mistério algum. E o fato de fingirem ser como os outros, isso apenas evidencia quanto são pérfidos. Quando me deitei, Togo morrera para mim. Pela manhã, ao me acordar, ele não era mais um ser humano aos meus olhos. NINGUÉM PODE ESTAR SEGURO! QUEM ESTÁ AO SEU LADO PODE SER UM SUBVERSIVO! Ele não era mais um ser humano, era pior que um animal selvagem. Por um momento, pensei que tudo aquilo não havia passado de um pesadelo... lá estava ele fazendo a barba, como sempre, e achei que se pudesse trazer meu marido para o bom caminho, tudo voltaria a ser como antes. Mas depois pensei que não se consegue isso com subversivos, pois eles jamais se tornam melhores, e apenas ouvir o que eles dizem já é bastante perigoso. Ele está podre por dentro. Telefonei para a polícia logo que cheguei ao trabalho, eu não tinha outra alternativa depois de descobrir o que ele era. Achei que o prenderiam imediatamente, e quando meu marido voltou para casa à noite, como sempre, esperei pela chegada da polícia a qualquer momento. Ele notou e me disse: "Você me denunciou à polícia. Não devia ter feito isso. Era um experimento e agora você destruiu tudo." Mas me diga o senhor, como eu poderia acreditar nele? Como podia acreditar que ele era um ser humano novamente? Quando finalmente compreendi que era verdade, aí sim, tive vontade de estrangular meu marido de tão contente, mas então ele estava furioso. *E queria se divorciar.*

– Isso é extraordinário! – Foi tudo o que pude dizer.

Ela engolia os soluços, com vergonha de chorar, e continuou:

– Quero que ele fique comigo. Acho injusto que ele queira o divórcio quando não fiz nada de mal.

De fato, ela tinha razão. Não podia ser punida por ter se comportado como uma boa e leal cidadã-soldado. Ela devia ser recompensada. Ela precisava ficar com seu Togo.

– Ele acha que não pode confiar mais em mim – continuou entre soluços. – É claro que ele pode confiar em mim, agora que é um ser humano novamente. E também é claro que um subversivo não pode confiar em mim, Kadidja Kappori.

A imagem do rosto transfigurado da sofrida mulher ficou na minha memória associada a uma melancólica desesperança. Que exigência imatura e insensata querer ter para si um ser humano em quem acreditar, simplesmente acreditar, independentemente do que ele é! Tive de admitir para mim mesmo existir nisso um fascínio adormecido. Talvez a criança de colo e o selvagem da Idade da Pedra não vivessem apenas em alguns, pensei, mas em todos nós, mais em uns, menos em outros, e essa é a diferença fundamental. E assim como me senti obrigado a destruir o sonho da mulher pálida, também achei necessário destruir a mesma ilusão de Kadidja Kappori, embora para isso tivesse que sacrificar mais uma de minhas noites livres.

– Voltem os dois aqui num destes horários – disse e escrevi minhas horas livres em um papel. – Se ele não mudar de ideia, acabará me conhecendo melhor.

Ela se despediu com muitos agradecimentos, e eu os conduzi, a ela e ao médico, até a porta. O médico parecia ter tomado tudo como uma brincadeira, permanecera sentado e rira baixinho o tempo todo, o que era de fato inoportuno, e continuou rindo até desaparecer em sua casa. Eu não via a situação assim. Eu captara o significado essencial de forma clara demais para que pudesse nutrir algum interesse pelas pessoas ridículas implicadas no caso.

Não pude deixar de contar a história para Rissen enquanto trabalhávamos no laboratório. Evidentemente, isso não fazia parte do trabalho, mas tinha, de todo modo, uma significação genérica. Também tenho fortes suspeitas de ter sido instigado por um certo desejo de me mostrar interessante e independente, um homem que outros procuram em suas dificuldades, e que de forma fácil e amável os conduz ao caminho certo. De fato, ficou evidente que assim como eu o criticara e desconfiara profundamente de Rissen, ao mesmo tempo julgava importante sua opinião a meu respeito. Cada vez que percebi estar tentando me impor a ele, senti vergonha e abafei essa fraqueza. Mas depois de algum tempo, lá estava ela de volta, e eu fazia o que podia para extrair alguma espécie de atenção deste homem estranho, pelo qual ninguém podia nutrir respeito. Quando sentia ter fracassado, tentava pelo menos irritá-lo e dizia para mim mesmo existir um plano consciente sob as minhas alfinetadas: se eu o tinha irritado, pelo menos sabia onde o tinha atingido.

Entre outras coisas, falamos das palavras de Kadidja Kappori: "Ele não era mais um ser humano."

– Ser humano! – disse eu. – Um povo *místico* elaborou conceitos em torno dessa palavra! Como se houvesse algum valor em ser humano! Ser humano! Isso é apenas uma concepção biológica. Eis algo que precisamos abolir tão rapidamente quanto possível.

Rissen apenas olhou-me com um ar enigmático e eu continuei:

– Kadidja Kappori, por exemplo. Para agir corretamente, precisou primeiro se despir das inibições que jaziam sob a concepção supersticiosa de que seu marido era um "ser humano", entre aspas, pois do ponto de vista estritamente "biológico", ele jamais poderia se transformar em outra coisa no decorrer dos tempos. Esta crise ela superou em uma noite, mas quantos conseguem isso? Tivesse demorado um pouco nas providências, estaria agora entre os subversivos, sem mesmo saber como, tudo devido a uma superstição... Penso ser necessário começar tudo desde o início e ensinar o povo a ver o "ser humano", entre aspas, no cidadão-soldado.

– Não creio que sejam muitas as vítimas dessa espécie de mística – disse Rissen lentamente, enquanto não tirava os olhos de um tubo graduado que havia acabado de encher.

Isso não fora dito de forma especial, tampouco tinha algo de notável. Mas ele tinha uma forma de filtrar as palavras nos ouvidos da gente, como se existissem mais significados sob cada uma. Isso fazia com que eu sempre ficasse intrigado com o que havia dito, e suas palavras, voz e entonação voltavam e me inquietavam.

Mas a semana fora tão cheia de acontecimentos surpreendentes que nos esquecíamos de tudo em função deles. Tão importantes que incluíam o início da marcha vitoriosa da kallocaína pelo Estado Mundial. Mas eu os suprimo para concluir a história do casal Bahara-Kappori.

Exatamente uma semana após a primeira visita de Kadidja Kappori, os dois vieram me encontrar. Linda estava novamente ocupada com o comitê de preparativos, mas como agora eu estava ciente de suas intenções e sabia que pelo menos podia colocar o homem em xeque, não me importei em convocar testemunhas. O casal parecia amargurado e deprimido, e era evidente que não haviam avançado em direção a conciliação alguma.

– Muito bem – disse eu para estimulá-los (era melhor encarar a situação com bom humor) –, muito bem, parece que a indenização extra foi calculada por baixo desta vez, cidadão-soldado Bahara. Um divórcio pode de fato quase ser chamado de um dano permanente. A propósito, essa bengala foi consequência de seu trabalho ou... hummm... expressa sua situação matrimonial?

Ele não respondeu, continuava imóvel e amargo. A mulher deu um cutucão em sua costela e disse:

– Você deve pelo menos responder ao seu chefe, Toguinho! Imagine, estamos casados há mais de vinte anos e agora ele larga tudo e quer se divorciar por isso! É injusto, ele chega em casa, engana a gente com esse experimento e depois fica furioso porque eu agi corretamente!

– Se queria me colocar na prisão, é melhor ficar logo livre de mim, mesmo eu estando solto – respondeu o homem, mal-humorado.

– Mas não é a mesma coisa – objetou ela. – Se você fosse aquele que me fez acreditar ser, pobre de mim se conservasse você em casa. Mas agora que sei que você não é aquele, agora que é quem eu conheci durante vinte anos, é claro que quero ficar com você! Não fiz nada de mal para merecer que me abandone.

– Pode me responder, cidadão-soldado Bahara – falei, em tom menos brincalhão –, se você realmente pensa que sua esposa agiu mal ao denunciar o que foi a ela confiado?

– Não sei se foi mal...

– Como você agiria se alguém lhe confessasse algo parecido?... Você não precisa pensar muito sobre o assunto, espero. Devo dizer o que você deveria fazer? Ir direto à caixa postal mais próxima, ou apanhar o telefone e denunciar a pessoa tão rápido quanto possível. Ou não? Você não faria isso?

– Faria, claro que faria; mas não é exatamente a mesma coisa.

– Fico feliz em saber que você agiria assim, do contrário seria um criminoso. Foi exatamente o que sua esposa fez. O que você quer dizer quando afirma não ser exatamente a mesma coisa?

Não foi fácil para ele se explicar. Acabou tentando versões vacilantes:

– Que ela possa subitamente pensar qualquer coisa sobre mim... Depois de vinte anos! Dia a dia! E, além disso, imagine se algum dia eu tivesse cometido alguma besteira e pedisse um conselho a ela...

– Então seria tarde para arrependimentos. E quanto ao fato de pensar qualquer coisa, você não sabe que é nosso dever suspeitar de todos? O Estado exige isto. Vinte anos é bastante tempo, é verdade, mas uma pessoa pode se enganar durante anos. Você não tem absolutamente motivo nenhum para se queixar.

– Não... Mas se ela agora... Eu não poderia...

– Cuidado com a língua, cidadão-soldado, você pode facilmente destruir o bom conceito que tenho do seu valor. Sua esposa denunciou um espião. Certo ou errado?

– É, claro, está certo.

– Pois bem, está certo. Ela denunciou um espião, mas esse espião não era você. E agora você quer se divorciar dela porque ela agiu corretamente em relação a uma pessoa que não era você. Não é isso?

– Mas... Sinto... Insegurança, digamos... Quando olho para ela, não sei o que pensa de mim.

– Se eu fosse você, trataria de não me divorciar de minha esposa por ela ter agido da maneira correta. Independentemente do fato de que sua profissão não fascina as mulheres, tampouco o seu estado, nenhuma mulher decente daria uma segunda olhada em você ao conhecer essa história; e esteja certo de que eu me encarregaria de divulgar isso para todos, pois então você carregará uma mancha, da qual todos falarão.

– Mesmo assim, não gosto disso – murmurou o homem, cada vez mais confuso. – Não quero as coisas fiquem como estão.

– Você me surpreende – continuei, com a voz ainda mais fria. – Devo crer que você é um tipo antissocial? Sabe qual é a imagem que teremos de você no laboratório. E não deve ser nada agradável carregar tal estigma.

Isso o atingiu. Agora a vergonha se misturava ao medo. Sem amparo, voltou os olhos, antes imóveis, de sua esposa para mim, de mim para ela. Após uma pausa rápida, voltei ao ataque:

– Mas estou certo de que você não tinha más intenções. Você queria apenas se certificar de que sua esposa levaria suas suspeitas a sério. Como de fato levou, como você viu. Então, não existe mais motivos para divórcio. Não tenho razão?

– Tem razão – concordou ele, mais tranquilo com minha afabilidade, embora não conseguisse seguir muito bem o raciocínio. – Naturalmente. Não existe motivo algum para o divórcio... Então.

A mulher percebeu logo que o perigo havia passado e que tudo voltava a ser como antes, e suspirou aliviada. Sua gratidão foi minha única compensação pelas duas noites sacrificadas. A frieza mal-humorada de Togo Bahara realmente me irritara, mas isso desapareceria com o passar do tempo. Para ajudá-los a recomeçar, disse a ela:

– Você pode voltar outra vez e me informar se seu marido realmente pensa o que disse agora, ou se afinal se trata de um tipo antissocial!

Bahara sabia que eu era seu chefe. O casamento de Kadidja Kappori estava salvo.

7

Justamente aquela semana foi excepcionalmente favorável ao experimento. Não menos que três dos dez homens do grupo não constavam entre os denunciados, e felizmente a polícia efetuara de pronto as prisões; tínhamos, portanto, três pessoas alheias ao assunto à nossa disposição. O chefe de polícia compareceu ao interrogatório. Sentou-se, longo e magro, na cadeira, espichou as pernas à frente, juntou as mãos sobre o tronco estreito e esperou com um ardor misterioso nos olhos. O chefe de polícia era uma pessoa notável, dessas que parecem ter nascido para ir longe. Sua postura podia ser relaxada, até mais relaxada do que a de Rissen, mas mesmo assim jamais deixava de parecer militar. Enquanto Rissen se deixava levar pelos próprios impulsos e parecia mais puxar do que conduzir, o repouso imóvel de Karrek era o gesto antes do salto, e em seu rosto duro e fechado, no brilho sob os olhos semicerrados, podia-se ver o bote de uma fera que não deixaria escapar sua caça. Eu não só respeitava sua força, como também colocava minhas esperanças em seu poder. E logo constataria estar certo.

Os três prisioneiros foram trazidos um a um e interrogados. Dois eram de uma espécie com a qual nada tínhamos no momento a fazer; eram criminosos comuns, que simplesmente haviam sido atraídos pelas somas que o espião prometera. Um deles, uma mulher, nos divertiu com suas confidências íntimas sobre a natureza e hábitos do marido. Uma mulher vivaz e inteligente, mas nada aceitável como cidadã-soldado, com o mais compacto e acirrado egoísmo.

O terceiro, porém, deu-nos algo em que pensar.

O motivo pelo qual não denunciara sua esposa ficou totalmente obscuro, mesmo para ele. Por um lado, não mostrou nenhuma gratidão extasiada pela confiança de sua esposa como a mulher pálida que interrogáramos antes; por outro, não tinha interesse algum pelas somas prometidas. Embora não negasse diretamente a possibilidade de que a mulher fosse espiã, demonstrava não estar certo de que tudo realmente ocorrera como ela lhe contara. Tudo o que se podia dizer era que uma certa apatia o impedira, uma apatia que talvez pudesse vencer alguns dias depois, mas isso era impossível de se saber. Tivesse Karrek se decidido a tomar a lei ao pé da letra, essa apatia teria qualificado aquele homem como perigoso ao Estado. Enquanto alguém assim apático se decidia a agir, a subversão já poderia ter completado sua obra. E como se isso não bastasse, sua hesitação testemunhava uma ligação extremamente frágil ao Estado. Não foi, pois, surpresa para mim quando ele deixou escapar.

– Em verdade, tudo isso é muito menos importante que o nosso objetivo.

Agucei os ouvidos e vi que o chefe de polícia fazia o mesmo.

– O objetivo de *vocês*? Mas quem são *vocês*? – perguntei.

Ele sacudiu a cabeça com um sorriso ingênuo e rápido.

– Não pergunte. Não temos nome nem organização. Nós apenas existimos.

– Existem *como*? Como se chamam *nós*, se não têm nome nem organização? Quantos são vocês?

– Muitos, muitos. Mas eu não conheço todos. Já vi muitos, mas nem sei como se chamam. E por que precisaríamos saber? Sabemos que somos *nós*.

Como já mostrava sinais de despertar, olhei interrogativamente, primeiro para Rissen, depois para o chefe de polícia.

– Por tudo o que existe no mundo, continue – murmurou Karrek entre dentes. Rissen também fez um gesto afirmativo. Dei, então, mais uma injeção ao homem.

– E agora, o nome dos que você conhece.

Alegre e inocentemente, sem a mínima hesitação, deu cinco nomes. Era tudo, declarou. Não conhecia outros. Karrek fez sinal para que Rissen os anotasse.

– E qual é a revolução que vocês planejam?

Apesar da dose, não deu resposta alguma. Contorceu-se ante a pergunta e fez um visível esforço, mas nada saiu dele. Por um momento pensei novamente que talvez a kallocaína pudesse ser ineficaz sob certas circunstâncias, e comecei a suar frio. Mas talvez a pergunta tivesse sido mal formulada (embora a mim me parecesse suficientemente clara), de forma que a cobaia nem mesmo desperta pudesse respondê-la.

– Vocês querem algo, não é verdade? – perguntei, com cuidado.

– Claro, claro que queremos algo...

– O quê, então?

Silêncio novamente. Depois, com hesitação e esforço:

– Queremos ser... Queremos nos tornar... Uma outra coisa...

– É mesmo? E vocês querem se tornar o quê?

Silêncio. Um suspiro profundo.

– Querem ocupar determinados postos?

– Não, não. Isso não.

– Querem ser outra coisa que não cidadãos-soldados do Estado Mundial?

– N-n-não... Quero dizer... Não, isso não...

Eu estava perplexo. Karrek cruzou as pernas com um movimento silencioso, espichou as mãos ainda cruzadas, piscou e disse em voz baixa, penetrante:

– Onde você encontrou os outros?

– Na casa de um deles, que eu não conheço.

– Onde? E quando?

– Distrito RQ... Quarta-feira, há duas semanas...

– Quantos estavam lá?

– Quinze... Vinte.

– Então não será difícil descobrir onde era – disse Karrek para mim e Rissen. – O porteiro deve saber disso.

E continuou o interrogatório.

– Vocês têm licença, naturalmente. Sob nome falso?

– Sob nome falso, não. A minha pelo menos era verdadeira.

– Então é bem mais fácil. Prossiga. Do que falaram?

Mas aí, mesmo Karrek fracassou. As respostas do interrogado se tornaram confusas e inseguras.

Deixamos em paz o perturbado homem, ainda mais porque a segunda dose já começava a perder seus efeitos. Ele acordou com forte mal-estar e não parecia ter sofrido muito moralmente, estava nervoso, mas não desesperado; mais surpreso que confuso.

Quando desapareceu pela porta, o chefe de polícia pulou da cadeira com todo o seu comprimento elástico, respirou fundo e disse:

– Temos trabalho aqui. O homem não sabia de nada, isso é certo. Os companheiros devem saber mais. Podemos ir atrás deles, nome a nome, até os mais secretos círculos. Quem sabe chegaremos a uma imensa conspiração?

Fechou os olhos, e um ar de satisfação descontraiu os traços nodosos. Adivinhei seu pensamento: "Isso levará minha fama a todos os recantos do Estado Mundial." Talvez eu estivesse errado. O chefe de polícia e eu tínhamos naturezas diferentes.

– Quanto ao resto – continuou lentamente, olhando para um e outro –, quanto ao resto... terei de viajar por curto tempo. É possível que vocês sejam logo chamados para um outro lugar. Estejam de malas prontas. O chamado poderá ocorrer em casa ou no trabalho. Por uma questão de segurança, tenham uma mala pronta no laboratório, assim não precisarão atrasar-se para apanhá-la, uma pequena mala com o mais necessário, para ficar fora alguns dias. E tenham os aparelhos em ordem, para levar tudo e mostrar como a kallocaína funciona.

– E o serviço militar? – perguntou Rissen.

– No caso de algum problema, é evidente que arranjo tudo. Se eu não conseguir, então, nada feito. Não prometo nada. O que vocês farão nos próximos dias?

– Continuaremos com experimentos e mais experimentos.

– Então não há empecilhos para que sigam esse fio. Falo no que descobrimos com o último interrogado. Em vez de empregar cobaias do Serviço Voluntário, desenrolem polegada a polegada o novelo de nomes que ele deu, registrem tudo o que surgir e esperem pelas providências. Que acham disso?

Rissen hesitou.

– Não há nada sobre tais casos no regulamento do laboratório.

O chefe de polícia riu desdenhosamente e disse:

– Não sejam burocratas. Se chegar a você uma ordem do chefe do Laboratório Central... é Muili, não? Imagino que não vai se prender tão rigidamente ao regulamento. Falarei diretamente com Muili. Depois é só deixar todos os nomes na Casa de Polícia. Talvez o bem ou o mal do Estado dependa disso... e você fala em regulamento!

Ele se foi e ficamos olhando um para o outro. Penso que minha fisionomia era vitoriosa e ao mesmo tempo de admiração. Nas mãos de um homem como Karrek, eu podia tranquilamente confiar minha sorte. Ele era feito de vontade pura, para ele não existiam obstáculos.

Mas Rissen franziu a testa, resignado.

– Acabaremos nos tornando uma subseção da polícia. Adeus, ciência.

Isso me tocou. Gostava de meu trabalho científico e sentiria muita falta, se não pudesse mais fazê-lo. Mas Rissen era pessimista por natureza. De minha parte, vi apenas a escada diante de mim, e a primeira e única pergunta era se ela conduzia ao alto. O resto cabia ao tempo mostrar.

Uma hora depois, chegou a ordem do chefe do Laboratório Central de que devíamos nos dedicar ao nosso trabalho segundo a linha indicada pelo chefe de polícia. Na Casa de Polícia, todos já estavam instruídos, bastava que déssemos por telefone o nome daqueles que queríamos ter presos, e as pessoas em questão estariam em nossas mãos em vinte e quatro horas.

O primeiro a ser enviado era um jovem com um período relativamente curto de acampamento juvenil, e com uma curiosa mistura de insegurança e agressividade orgulhosa contra uma sociedade à qual ele ainda não se sentia totalmente adaptado. Sob a influência da kallocaína, seu amor-próprio pôde se expandir de uma forma que parecia cômica a nós, adultos, e ele começou a relatar vastos e vagos planos futuros. Ao mesmo tempo, admitia sentir-se muitas vezes profundamente irritado com os seres à sua volta. Eles queriam o mal, disse. De fato, eu havia sugerido que deixássemos as cobaias falarem por si tanto quanto possível, pois o último fora interrogado bastante asperamente; mas este caso revelava uma psicologia juvenil um tanto exacerbada para que Karrek pudesse ficar satisfeito, de modo que por fim passei ao ataque e perguntei se ele conhecia nosso último prisioneiro.

– Conheço. Somos companheiros de trabalho.

– Você o encontrou alguma vez fora do trabalho?

– Encontrei, ele me convidou para um encontro...

– No distrito RQ? Na quarta-feira, quatorze dias atrás?

O rapaz sorriu ligeiramente e pareceu bastante interessado.

– Isso mesmo. Um encontro estranho. Mas eu gosto muito deles. De certa forma, eu gosto deles...

– Você pode nos contar do que se lembra?

– Claro. Foi estranho. Entrei, e vi um bando de gente que eu não conhecia. Não tinha nada de especial. Quando sacrificamos uma noite livre para a vida comunitária, quase sempre o fazemos para discutir algo referente ao trabalho ou coisa parecida, uma festa planejada ou uma declaração às autoridades, e é perfeitamente compreensível que não se conheça todos os participantes. Mas não se tratava disso! Eles não discutiam coisa alguma. Eles se sentavam e falavam sobre tudo, ou simplesmente se calavam. Calavam-se de uma forma tal que me deixava com o coração apertado. E, além disso, a forma como se cumprimentavam! Apertavam-se as mãos. Inacreditável! Algo necessariamente anti-higiênico e, além disso, tão íntimo que dá vergonha. Tocar no corpo de um outro, intencionalmente! Eles afirmavam se tratar de uma antiquíssima saudação que haviam retomado, mas ninguém precisava fazer aquilo, caso não quisesse. Ninguém era obrigado a nada. Mas no início eu senti medo deles. Nada é tão horrível como se sentar e ficar calado. Parece que todos ali penetram a gente. Como se estivesse nu, ou pior ainda: espiritualmente nu. Principalmente na presença de pessoas mais velhas, já que elas aprenderam a ver através da gente e, além disso, quando falam, falam da boca para fora, permanecendo atentos. Já me aconteceu de conseguir falar da boca para fora e continuar atento, e fiquei feliz depois disso, como se tivesse escapado de um perigo. Mas lá eu não conseguia. Nenhum deles se deixaria enganar. Quando falavam, era baixinho, e parecia que não pensavam em mais nada naquele instante. Penso que é melhor falar alto, assim se consegue captar a atenção dos outros, falar alto e manter os pensamentos em outro lugar. Mas eles eram tão estranhos! Por fim, acabei achando aquilo agradável e pensei gostar deles. De certa forma, tudo era tranquilo.

Nada disso ajudou muito. O garoto era novato no movimento, e ainda não fora introduzido em seus segredos. No entanto, perguntei, por via das dúvidas:

– Você viu algum chefe do grupo? Alguma distinção de graus?

– Não... Não que eu notasse. Tampouco ouvi alguém falar sobre isso.

– E o que mais aconteceu no encontro? Falaram sobre algo que fizeram ou pretendem fazer?

– Não que eu saiba. Se bem que tive de sair mais cedo, eu e mais alguns que também não tinham estado lá antes, creio. Depois não sei o que aconteceu lá. Mas, ao sairmos, alguém disse: quando nos encontrarmos lá fora, nos reconheceremos. Não consigo explicar isso, mas era algo realmente solene, e acho que os reconheceria; não precisamente os que encontrei lá, mas qualquer um deles. Existia algo especial neles, que não consigo descrever. Quando cheguei aqui, sabia perfeitamente que o senhor – indicou a mim – não pertencia ao grupo. Mas quanto a ele – dirigiu vagamente o olhar a Rissen –, quanto a ele não estou certo. Talvez pertença ao grupo, talvez não. Só sei que me senti mais calmo entre eles do que entre quaisquer outros. Lá eu não experimentava essa sensação tão palpável de que me quisessem mal.

Olhei friamente para Rissen. Parecia tão espantado que logo percebi ser inocente, se por inocente entendemos que jamais participou de tais encontros secretos que o jovem descrevera. Mas algo permanecia nebuloso. Também em Rissen existiam os mesmos veios antissociais, um certo parentesco com toupeiras cegas.

O garoto despertou com remorsos desproporcionais aos fatos relativamente inofensivos que contara. Pelo que entendi, sua angústia não se devia ao relato da reunião, mas às confidências de ordem pessoal que havíamos interrompido com bocejos.

– Acho que devo esclarecer algumas coisas – murmurou ele já de pé, um pouco trêmulo. – Aquilo que eu disse, que era inseguro em relação aos outros, não é exatamente verdade. Apenas me pergunto o que pensam de mim. Não quis dizer que necessariamente me queiram mal. E tudo que disse desejar ser ou fazer era pura fantasia, sem um pingo de verdade. Também fui um pouco exagerado ao dizer que me sentia melhor com aquela gente estranha do que com as pessoas comuns. Claro que me sinto melhor com gente comum, quando reflito um pouco...

– Também estamos convencidos disso – disse Rissen, gentilmente. – No futuro você deve se manter junto aos outros, os comuns. Suspeitamos fortemente que aquele grupo em que você caiu por acaso é perigoso para o Estado. É evidente que você ainda não foi contaminado, mas tome cuidado! Quando menos esperar, eles o envolvem em suas redes.

O garoto parecia aterrorizado ao sumir pela porta.

Não sei que terríveis planos esperávamos de fato descobrir da reunião que se seguiu após o garoto e os demais serem enviados a suas casas. Alguns dos prisioneiros, no entanto, deviam ter permanecido enquanto eles conspiravam. Interrogamos minuciosa e sistematicamente os quatro que ainda restavam, anotamos meticulosamente suas declarações, mas demorou algum tempo até que pudéssemos ter uma ideia aproximada da liga secreta. Muitas vezes olhamos um para o outro e sacudimos a cabeça. Estaríamos lidando com um grupo de lunáticos? Eu jamais ouvira falar de algo assim, fantástico.

Antes de mais nada, estávamos tentando entender a própria organização, os nomes dos chefes e as ramificações. Aos poucos íamos descobrindo que não existiam chefes nem organização alguma. Em muitas conspirações secretas, os membros da graduação inferior não têm acesso aos segredos mais importantes; tudo o que sabem é o nome de dois ou três membros, tão sem importância quanto eles próprios. Concluímos que esse é o tipo de integrante que tínhamos em mãos. No entanto por meio dos prisioneiros certamente chegaríamos às mais altas esferas, onde se sabia mais. Bastava continuar.

O que acontece depois que os novatos deixam a casa? Era o que nos perguntávamos antes de mais nada. Uma mulher fez uma descrição fantástica.

– Apanha-se uma faca. Um de nós a entrega a um outro, ele se deita numa cama e finge que dorme.

– Muito bem. E depois?

– Depois? Nada mais. Se alguém mais quer participar, tem lugar para ele fingir que dorme. Também é possível se sentar e apoiar a cabeça na cama. Ou na mesa ou em qualquer outra coisa.

Quase sufoquei com uma gargalhada. A cena era impagável. Alguém senta-se, sério, com uma grande faca de mesa na mão (obviamente tratava-se de uma faca de mesa, era a mais fácil de se obter, bastava apenas esquecer de deixá-la junto ao prato do almoço), em meio a outras pessoas também sérias. Então uma pessoa se espicha na cama com as mãos sobre a barriga, cerra os olhos, quem sabe tenta inclusive roncar. Um após o outro apanham uma almofada e a colocam por perto e encenam seu papel na peça. Alguém desliza no chão em posição quase sentada, inclina-se contra a beirada da cama, boceja... Fora isso, silêncio mortal.

Nem mesmo Rissen pôde impedir um sorriso.

– E qual é o sentido disso? – perguntou.

– Um sentido simbólico. Por meio da faca ele se entrega à violência do outro. E, no entanto, nada acontece a ele.

(E, no entanto, nada acontece a ele! Com um monte de gente ao redor. Pessoas que roncam acordadas e podem a qualquer momento espiar. Não acontece nada a ele quando um de seus hóspedes – registrado legalmente pelo porteiro – fecha a mão em torno de uma faca que não corta nem água e escuta quão confiantemente ele ronca...)

– E para que serve tudo isso?

– Queremos invocar um novo espírito – respondeu a mulher, muito séria.

Rissen apoiava o queixo, pensativo. Em conferências sobre história, eu ouvira falar, e com certeza também Rissen, que os selvagens da Antiguidade costumavam invocar certas divindades e executar certas práticas, ditas mágicas, para chamar seres imaginários, ditos espíritos. Isso ainda persistiria em nossos dias?

Da mesma mulher extraímos certas alusões a um lunático total que desempenhava um certo papel dentro de seus círculos. Em verdade, não era preciso muito para servir de herói para essa gente. Ela disse:

– O senhor conhece Reor? Não, ele não vive mais, ele vivia há mais ou menos quinze anos, segundo alguns, em alguma das Cidades Hidráulicas; segundo outros, em alguma das Cidades Têxteis. Imagine não ter ouvido falar em Reor. Eu quis fazer uma conferência sobre Reor certa vez. Embora tudo seja verdade, só os iniciados podem compreender. Se quiser falar de Reor, é preciso se dirigir aos iniciados. Ele andava por aqui e por ali, pois naquele tempo não existia o problema de licenças. Alguns o acolhiam por medo, pois pensavam que pertencesse à polícia; outros o expulsavam, pois pensavam que fosse um criminoso. Mas os que o receberam... Lógico, nem todos observaram como ele era... Eles achavam que Reor era apenas estranho; já outros descobriram que podiam ficar calmos e tranquilos na presença dele, como um bebê nos braços da mãe. Alguns acabaram esquecendo dele, mas outros jamais conseguirão fazer isso e contam tudo o que lembram sobre a sua figura. Mas só os iniciados entendem isso. Ele jamais trancava sua porta. Jamais se importava com testemunhas ou provas do que fazia ou dizia. Nem mesmo se protegia contra ladrões e assassinos, e por isso acabou sendo assassinado por um ladrão que pensou que Reor tivesse um pedaço de pão em sua mochila. Mas ele não tinha, já o havia comido com alguns outros que encontrara pelo caminho... Mas o ladrão não sabia e espancou Reor até a morte.

– E com tudo isso vocês o julgam um grande homem? – perguntei.

– Ele era um grande homem. Reor era um grande homem. Era um dos nossos. Existem ainda alguns que o conheceram.

Rissen olhou expressivamente para mim e sacudiu a cabeça. Eu falei:

– A lógica mais engraçada que já vi em minha vida. Sejamos como ele, que foi assassinado por um ladrão! Não entendo nada.

– Você falou em iniciação – disse Rissen à mulher, sem se importar comigo. – Como alguém se inicia?

– Não sei. Nós nos iniciamos, simplesmente. Acontece. Os outros notam isso, os que também são iniciados.

– Então qualquer um pode chegar e dizer que é iniciado? Deve existir algum procedimento, alguma cerimônia... segredos que não se divulgam...

– Não, nada disso. As pessoas notam, eu já disse. Nós nos tornamos iniciados, compreende, ou não nos tornamos; alguns jamais o conseguem.

– Como se nota isso, então?

– Bem... Por tudo... Aquilo da faca e do sono se torna sagrado e claro para nós... E muito mais...

Estávamos tão bem-informados quanto antes.

Se a mulher era pessoalmente louca ou se dividia sua loucura com toda aquela gente, era impossível saber.

Só podíamos estar certos dos ritos mágicos com a faca e a simulação do sono, isso foi confirmado pelos outros; em compensação, não ficou claro se ocorriam sempre ou se eram ocasionais. Tampouco conseguimos encontrar rastros do mito de Reor em todos, embora subsistisse em alguns. O que existia realmente em comum naquele círculo, além de todos, sem exceção, se comportarem de maneira estranha?

Uma outra pessoa, também uma mulher, tinha alguns nomes para nos dar. Achamos então conveniente interrogá-la persistentemente quanto à organização. Sua resposta foi tão espantosa como a dos outros.

– Organização? Não buscamos organização alguma. O que é orgânico não precisa ser organizado. Vocês constroem de fora para dentro, nós construímos de dentro para fora. Vocês constroem utilizando a vocês mesmos como pedras, e acabam ruindo por dentro e por fora. Nós nos construímos desde dentro como árvores, e crescem pontes entre nós que não são de matéria morta ou força bruta. De nós emerge o vivo. Em vocês submerge o inanimado.

Tudo isso me pareceu um jogo de palavras sem sentido e, mesmo assim, fiquei bastante impressionado. Talvez fosse a própria intensidade da voz profunda da mulher que me fez vibrar. Não era impossível que Linda me tivesse vindo à cabeça, sua voz profunda e intensa, em especial certas vezes, quando parecia não estar tão cansada. Pensei então em como reagiria se agora, em lugar da mulher desconhecida, estivesse Linda entregando a mim seu íntimo, com um tom de voz tão penetrante e chamativo. Ocultei por muito tempo na memória as palavras isoladas que repetia para mim mesmo, e julgava fazer isso por achar que soavam bem em toda a sua falta de sentido. Muito, muito tempo depois, comecei a entrever um sentido nelas. Mas já então me haviam tocado, concedendo a mim um primeiro vislumbre do que queria dizer com "nós", com reconhecer-se lá fora e com um círculo de iniciados sem organização, sem sinais exteriores nem grandes ensinamentos ou doutrinas visíveis.

Quando ela foi liberada, falei para Rissen:

– Pensei em uma coisa. Talvez tenhamos interpretado mal essa história de "espírito". Quem sabe isso não quer dizer uma forma interior, uma filosofia de vida. Ou o senhor acredita que esta é uma interpretação por demais sutil para surgir de um tal círculo de lunáticos?

Quando ele olhou para mim, senti medo. Que me entendeu perfeitamente, isso pude ver, mas também algo mais. Vi que ele também se sentira influenciado pela natureza intensa e quente da mulher. Vi que ele era ainda mais receptivo do que eu. E também vi que seu próprio olhar, seu próprio silêncio, empurravam-me em uma direção, que todo o meu senso de dever, todo o meu sentimento de honra, proibiam-me de tomar. Ele estava preso nas malhas da rede daqueles lunáticos, e inclusive eu senti em certo momento a suave e poderosa atração.

O primeiro garoto não havia dito que Rissen bem poderia pertencer ao grupo de lunáticos, à seita secreta? Não tivera eu o pressentimento de que em Rissen se escondia uma ameaça e um perigo? Desde agora eu sabia que nutríamos uma inimizade profunda.

Ainda precisávamos interrogar um dos prisioneiros, um homem já velho com feições inteligentes, e eu o temia – quem sabe não teria a mesma força sugestiva que a mulher de há pouco –, e ao mesmo tempo esperava ouvir grandes revelações. Ele, mais que ninguém, devia estar por dentro dos círculos mais secretos, e, com alguma sorte, encontraríamos em seu depoimento provas definitivas de que toda aquela seita de lunáticos deveria ser condenada e exterminada, para alívio e salvação de mim mesmo e de muitos outros. Mas quando ele já havia entrado na sala e mal o havíamos feito se sentar, o telefone tocou e eu e Rissen fomos chamados por Muili, o chefe do Laboratório Central.

8

O gabinete de Muili não ficava no prédio do nosso laboratório, mas também não era preciso subir até a superfície para chegar lá: ao descer três andares subterrâneos chegava-se diretamente ao prédio onde funcionavam os escritórios do laboratório. Depois de mostrarmos a carteira de identidade e de um secretário certificar-se por telefone de que esperavam por nós, fomos recebidos. Em vinte e cinco minutos estávamos diante de Muili, um sujeito grisalho e muito magro, de feições doentias. Mal nos olhou. Sua voz era baixa, como se quase não pudesse falar e, no entanto, toda entonação dela era de ordem. O homem não estava habituado a ouvir ninguém falar a não ser quando respondiam suas perguntas diretas.

– Cidadãos-soldados Edo Rissen e Leo Kall, os senhores foram chamados a uma outra região. Deixem de lado o trabalho de que se ocupam agora. Em uma hora um policial os esperará para conduzi-los ao local de partida. Tudo está arranjado quanto a suas dispensas temporárias do serviço policial-militar. Entendido?

– Sim, meu chefe – respondemos eu e Rissen ao mesmo tempo.

Voltamos em silêncio ao laboratório para nos preparar, tomar banho e vestir o uniforme de lazer. Tínhamos prontas nossas malas de viagem e mais uma caixa com a kallocaína e os aparelhos, como Karrek ordenara. Na hora marcada, fomos apanhados por dois policiais taciturnos e conduzidos por metrô até o local determinado.

Minha admiração por Karrek só aumentava. Tudo caminhava perfeitamente. Nem um dia havia ainda transcorrido após sua partida e ele já obtivera o que queria. O homem era uma potência, e não apenas na Cidade Química nº 4, ao que tudo indicava.

Ao sairmos do metrô, vimos que o nosso destino era um hangar. Um delirante desejo de aventura percorreu meu corpo. Até onde iríamos? Até a capital? Eu, que jamais saíra da Cidade Química nº 4, fui tomado por uma selvagem excitação.

Junto à multidão de passageiros, entramos no bem iluminado avião. Os policiais fecharam e lacraram a porta, e pelo ruído dos motores soubemos que estávamos ganhando altura. Apanhei em minha mala o último número da *Revista Química*, Rissen fez o mesmo, mas observei que tanto ele como eu nos recostávamos e deixávamos o pensamento girar em torno de outras coisas que não os artigos e notícias da revista. Eu pelo menos tentava dominar minha curiosidade assim que esta surgia. Naturalmente eu já vira em filmes campos dourados, verdes pradarias, ovelhas e vacas pastando, vistas aéreas, inclusive, de forma que não tinha grandes razões para estar curioso. No entanto precisei lutar contra um desejo ridículo e infantil de que o avião tivesse pelo menos uma pequena fresta através da qual se pudesse olhar em segredo – não que eu pretendesse espionar, mas por pura e ingênua curiosidade. Ao mesmo tempo, eu sabia ser isso uma tendência perigosa. Seguramente não teria ido tão longe no campo científico se uma certa curiosidade não me conduzisse aos segredos da matéria, por outro lado, era um impulso para o bem e para o mal, e podia me levar ao perigo e ao crime. Eu me perguntava se Rissen tinha de lutar contra as mesmas inclinações e desejos – se é que ele ainda lutava! Não era exatamente uma pessoa que luta, com toda aquela falta de disciplina. Eu o via sentado ali, sem bandeira ou escrúpulos, desejando que o avião fosse inteiramente de vidro... Uma sábia observação de que assim era aquele homem. Se eu pudesse utilizar a kallocaína para satisfação pessoal...

Cochilava quando senti um ligeiro toque em meu braço. O condutor servia-me o jantar – e isso era significativo. Olhei meu relógio: já havíamos viajado cinco horas e faltava um outro tanto até o destino, pois não podíamos esperar até a chegada para jantar. Eu calculara certo: tínhamos ainda três horas. Se soubesse não apenas o tempo, como também a velocidade do avião, seria fácil calcular a distância entre a Cidade Química nº 4 e o lugar para onde estávamos sendo conduzidos. Felizmente, a velocidade do avião era mantida em sigilo absoluto, de forma que espião algum poderia chegar a conclusões geográficas. A única coisa que se podia perceber era que a velocidade era muito alta e a distância, portanto, enorme. Naturalmente, nem podíamos imaginar a direção; o fato de sentirmos frio, até mesmo para os padrões da Cidade Química nº 4, nada significava senão que estávamos voando muito alto.

Quando finalmente pousamos e o motor parou, as portas foram abertas por uma pequena tropa policial, que logo se dividiu e assumiu o controle dos diversos passageiros. (Provavelmente todos ali estavam em importantes missões, esperados e anunciados, talvez até mesmo chamados como nós.) Rissen e eu fomos conduzidos no metrô policial-militar, e nosso vagão, com uma incrível velocidade, projetou-se até uma estação denominada Palácio da Polícia. Descobrimos que estávamos na capital. Por uma porta subterrânea, fomos conduzidos até uma antessala, onde fomos revistados, assim como nossa bagagem, e depois levados a uma espécie de cabine simples, porém bastante prática, onde devíamos dormir.

9

O desjejum da manhã seguinte foi servido em um dos refeitórios. Não éramos os únicos hóspedes noturnos do Palácio da Polícia: na grande sala, dezenas de cidadãos-soldados de ambos os sexos e das mais diversas idades, embora todos adultos, acotovelavam-se em torno das mesas. Alguém acenou para nós de seu lugar. Era o próprio Karrek, que se sentara com sua sopa de milho entre desconhecidos. Embora tivesse tomado lugar antes de nós, ficamos contentes ao ver um rosto conhecido, e ele tampouco parecia ter algo contra nossa companhia.

– Solicitei audiência para nós três ao Ministro da Polícia, e tenho razões para crer que seremos recebidos logo. Apanhem suas bugigangas tão rápido quanto possível – disse ele.

Após o desjejum, corri para apanhar os aparelhos para administrar a kallocaína. Vi depois que minha pressa fora exagerada. Fomos os três conduzidos à sala de espera do ministro, onde tivemos de ficar por uma boa hora antes que se abrissem as portas do gabinete. Antes de nós, já esperavam três pessoas, o que me fez supor que a demora seria longa.

Contudo, fomos os primeiros a ser recebidos. Um funcionário lépido e ágil abriu a porta, dirigiu-se a Karrek e sussurrou algo em seu ouvido. Karrek apontou para nós dois e fomos conduzidos os três a uma nova sala de espera, onde fomos revistados mais uma vez. As medidas de segurança eram muito mais rigorosas aqui do que em nossa Cidade Química, naturalmente porque as vidas que aqui deviam ser protegidas eram mais raras e preciosas do que as demais nas outras regiões do Estado Mundial. Já na sala de espera, em maior número do que nesta antessala e no gabinete do ministro, estavam postados guardas com armas em punho. Até que finalmente nos encontramos diante do poderoso homem.

Uma larga figura girou na cadeira e levantou as espessas sobrancelhas em saudação. Era visível que a presença de Karrek o deixava satisfeito. Eu já conhecia bem o ministro Tuareg, do *Álbum Fotográfico dos Cidadãos-Soldados*, seus pequenos olhos pretos de urso, seu maxilar autoritário, seus lábios carnudos; mas mesmo assim, sua presença me deixou uma impressão bem mais forte do que a esperada. Talvez fosse a sensação de estar perante o Poder concentrado que me fazia tremer. Tuareg era o cérebro dos milhões de olhos e ouvidos que vigiavam dia e noite as conversas e os atos mais íntimos dos cidadãos-soldados, era a vontade dos milhões de braços que continuamente, ou em certos momentos do dia, protegiam a segurança interna do Estado, a vontade inclusive dos meus braços, quando eu dedicava minhas noites ao serviço policial. Eu, no entanto, tremia, como se não fosse minha mais alta aspiração vê-lo cara a cara, como se eu fosse um dos criminosos que eu próprio perseguia. Mas eu nada fizera de errado! De onde provinha então essa maldita insegurança em meu espírito? A resposta estava sob meu nariz, tudo dependia de uma ilusão sugerida que podia ser expressa nestas palavras: "Nenhum cidadão-soldado acima dos quarenta tem a consciência limpa." E quem dissera isso fora Rissen.

– Muito bem, temos aqui nossos novos aliados – disse o ministro a Karrek. – Os senhores estão preparados para algumas demonstrações rápidas daqui a duas horas? No terceiro andar, uma sala foi separada para servir de laboratório, um pouco rudimentar talvez, mas acho que lá tem tudo de que os senhores precisam. Se faltar algo, é só avisar o pessoal. E as cobaias já estão à disposição.

Dissemos estar prontos e entusiasmados. Terminada a audiência, fomos conduzidos por um outro caminho até o laboratório improvisado do qual o ministro falara. As instalações eram perfeitamente satisfatórias, desde que não se pretendesse produzir kallocaína em grandes quantidades.

Karrek subiu conosco. Sentou-se a uma mesa numa posição tão relaxada que seria considerada por qualquer pessoa como desleixada e repulsiva. Ele disse:

– Então, cidadão-soldado, depois de verificarmos as possibilidades de trabalho do local, o que surgiu daquela reunião secreta lá na Cidade Química nº 4?

Rissen era meu chefe e tinha, pois, direito e obrigação de responder primeiro. O que ele fez, depois de um longo silêncio.

– De minha parte, não me parece que seja algo diretamente criminoso. Todos me parecem um pouco lunáticos, mas criminosos... Não.

Ele fez uma pausa e continuou:

– Até agora, não encontramos em nenhum deles um ato contrário à lei, pelo menos nenhum que tenha ocupado suficientemente os pensamentos deles para que o revelassem durante o efeito da kallocaína. Não estou considerando aquele homem que deixou de denunciar sua esposa por subversão, pois conforme sua vontade, meu chefe, havíamos concordado em não tomar a lei ao pé da letra, pois se trata de um recrutamento de cobaias voluntárias. O que eles descrevem me parece ser uma seita de lunáticos, mas não uma associação política. Talvez nem se possa dizer que constituem uma seita. Não têm organização alguma, não têm chefes, pelo menos que pudéssemos identificar, não têm lista de membros, nem mesmo nomes, e mal infringem a lei contra associações fora do controle estatal.

– Você é excessivamente formalista, cidadão-soldado Rissen – disse Karrek, ironicamente. – Você fala em "constar no regulamento" e "infringir a lei", como se tinta impressa fosse um obstáculo instransponível. No fundo, você não pensa assim, não?

– Leis e regulamentos existem para nossa proteção... – objetou Rissen, amargo.

– Para proteção de quem? – reagiu Karrek. – Não para a do Estado, em todo caso. O Estado precisa de mais cabeças abertas, que em caso de necessidade possam cuspir na tinta impressa...

Rissen ficou calado por um tempo e não parecia satisfeito, mas revidou logo:

– Seja como for, eles parecem inofensivos ao Estado. Podemos tranquilamente soltar os que estão presos e deixar todos entregues a seus destinos. E ainda assim a polícia terá muito trabalho com assassinos, ladrões, perjuros...

Chegara a minha vez. Precisava lançar meu primeiro ataque sério a Rissen.

– Chefe Karrek – comecei lenta e enfaticamente. – Permita-me fazer algumas objeções, embora seja um subordinado. Acho que esta associação misteriosa não é nada inocente.

– Também estou interessado em sua opinião. Você acha que é uma associação comum? – perguntou Karrek.

– Vou deixar de lado por um momento os parágrafos da lei. O que quero dizer é que todos aqueles homens, tanto isolados como reunidos, constituem um perigo ao Estado. Antes de mais nada, pergunto: o senhor julga que nosso Estado Mundial necessita de uma atitude completamente nova, uma filosofia de vida totalmente distinta? Não me entenda mal, estou consciente de que aqui e ali o povo deveria ser estimulado a um senso de responsabilidade mais intenso e maiores esforços, mas uma nova filosofia de vida, diferente da que tínhamos antes? Não é isso em si mesmo uma ofensa ao Estado e a seus cidadãos-soldados? E era exatamente este o conteúdo manifestado pelos prisioneiros: queremos invocar um novo espírito. Primeiro tomamos a expressão como uma manifestação supersticiosa, e isso já seria condenável, mas o fato em si era ainda pior.

– Você exagera um pouco a situação – disse Karrek. – Minha experiência me ensinou que quanto mais abstrato algo é, menos perigosos são seus efeitos. Conceitos genéricos podem ser empregados conforme são manipulados, ora num sentido, ora em sentido contrário.

– Mas uma filosofia de vida não é algo abstrato – objetei energicamente. – Eu diria que, pelo contrário, é a única coisa que seguramente não é abstrata. E a filosofia de vida desses malucos é contrária ao Estado. Isso fica evidente no mito do tal de Reor. Os demais não chegam aos pés dele em matéria de loucura, e por isso acabou se tornando o herói por excelência. Indulgência com transgressores, imprudência com a própria segurança (pois somos um instrumento valioso e caro, isso não deve ser esquecido), relações pessoais mais sólidas que as relações normais com o Estado, é a isso que eles querem nos conduzir! À primeira vista, seus rituais parecem asneiras. Num segundo momento, evidenciam-se como absolutamente repulsivos. São amostras de uma confiança exagerada entre as pessoas, pelo menos entre algumas. E só isso já considero perigoso ao Estado. Os mais crédulos acabam, mais cedo ou mais tarde, como seu herói Reor, assassinados por ladrões. *E não é este o fundamento do Estado*? Se existissem motivos para a confiança entre os homens, o Estado jamais teria sido erigido. O fundamento sólido e necessário da existência do Estado é a desconfiança mútua e profunda entre os homens. Quem nega esse fundamento nega o Estado.

– Ora – disse Rissen com certa impetuosidade –, você esquece que o Estado ainda precisa existir de qualquer forma, como centro econômico e cultural.

– Não, não esqueci. E não creia de modo algum que parto de alguma espécie de superstição civilista, de que o Estado existiria em razão de nós e não nós em razão do

Estado, como de fato acontece. Quero dizer apenas que o cerne da relação das células privadas com o Estado é o anseio por segurança. Se um dia notássemos, não estou afirmando que notamos, mas se, que nossa sopa de ervilhas se tornou mais rala, que nosso sabão não presta, que nossas residências estão em ruínas sem que alguém se preocupe com isso, iríamos protestar então? Não, pois sabemos que o bem-estar não é um valor em si mesmo, que nossas renúncias servem a um objetivo maior. E se descobrimos barreiras de arame farpado em nossos caminhos, não nos resignamos a essas limitações da liberdade de movimento sem protestar? Claro que sim. Sabemos que tudo isso acontece para a preservação do Estado, para evitar sabotagens. E se um dia chegássemos a achar que todas as ocupações do tempo de lazer devem ser sacrificadas ao indispensável treinamento militar, que os incontáveis luxos supérfluos que faziam parte da nossa educação devem agora ser deixados de lado em prol da imprescindível formação de cada um como trabalhador especializado nos setores fundamentais da indústria, teríamos então razões para protestar? Não, não e não! Reconhecemos e aplaudimos o fato de que o Estado é tudo; o indivíduo, nada. Admitimos e aceitamos que a maior parte da assim chamada "cultura", excluo aqui os conhecimentos técnicos, constitui um luxo para tempos em que nenhum perigo ameaça o Estado (tempos que talvez jamais voltem). Resta então a pura subsistência e a cada vez mais desenvolvida organização policial e militar. Este é o cerne da vida do Estado. O resto é secundário.

Rissen ficou calado, sombrio e pensativo. Para ele, era muito difícil fazer qualquer objeção à minha pouco original argumentação, mas eu tinha certeza de que sua alma civilista eriçava-se de fúria, e isso me deixava feliz.

Karrek pulara da cadeira e ia e vinha pela sala. Acredito que não escutasse muito atentamente meus argumentos, e isso me magoava. Quando acabei, ele disse um pouco impaciente:

– Muito bem, ótimo. O fato é, no entanto, que até aqui, pelo que sei, jamais mantivemos lutas contra "espíritos". Deixamos que assombrem o reino irreal ao qual pertencem. Quando as pessoas começam a cochichar ao pé do ouvido nas mesas dos refeitórios ou deixam de assistir às festas oficiais, isso pelo menos merece uma atenção especial, mas "espíritos"... não, obrigado...

– Antes não tínhamos meios para esse controle – objetei. – A kallocaína nos dá a possibilidade de controlar tudo o que se passa nas mentes.

Mesmo ante esse argumento, o que lhe entrava por uma orelha parecia sair pela outra.

– Qualquer um poderia ser condenado com isso – disse Karrek um tanto mal-humorado.

Ele parou de repente, inquieto, abatido, ao que parece, pelo próprio peso de suas palavras.

– Qualquer um poderia ser condenado com isso – repetiu, mas desta vez em voz suave, baixa, infinitamente lenta. – Em todo caso, talvez você não esteja errado, pois lá no fundo... lá... no fundo...

– Mas como o senhor próprio disse, meu chefe – gritou Rissen espantado –, qualquer um poderia...

Tampouco Rissen foi ouvido. Karrek continuou a caminhar com longas passadas e com sua singular cabeça mongólica, os olhos saltados fechando-se aos poucos.

Eu queria ser útil, e contei a ele, embora um pouco envergonhado, a reprimenda que recebera do Sétimo Departamento do Ministério da Propaganda. Isso finalmente despertou a atenção de Karrek.

– Sétimo Departamento do Ministério da Propaganda, é? Interessante. Muito interessante – disse ele pensativo.

Passou-se um bom tempo no qual só se ouvia o leve ranger de seus sapatos, além do rumor distante do metrô e o murmúrio de vozes e outros ruídos das salas vizinhas. Finalmente Karrek se apoiou na parede com as mãos, fechou os olhos e disse lentamente, como se pesasse cada palavra:

– Serei absolutamente sincero. Temos poder para institucionalizar uma lei sobre pensamentos criminosos, desde que tenhamos apoio suficiente do Sétimo Departamento.

Até então julgava não existir em mim lugar senão para a obediência, mas é possível que tivesse sido contagiado pelos sonhos de grandeza de Karrek, por planos e perspectivas dos quais nem eu estava consciente. Prendi a respiração quando ele continuou:

– Enviarei um de vocês, de preferência o que fala melhor e mais convincentemente, até o Sétimo Departamento. Por certas razões, não posso ir pessoalmente... Cidadão-soldado Leo Kall, você saberia apresentar bem o assunto? Ou melhor, pergunto ao seu chefe. Ele tem condições para isso?

Após um segundo de dúvida, Rissen respondeu quase involuntariamente:

– Tem, e no mais alto grau.

Pela primeira vez observei em Rissen um manifesto impulso de antipatia.

– Quero falar com você em particular, cidadão-soldado Leo Kall.

Fomos até minha cabine. Visivelmente irritado, Karrek cobriu o ouvido da polícia com uma almofada, e ao ver minha surpresa, riu:

– Eu sou, em todo caso, o chefe da polícia, e se isso, por azar, for descoberto, fico sabendo a posição de Tuareg...

Eu não podia deixar de admirá-lo por sua audácia, mas ficava intranquilo ao ver que Karrek se orientava por caminhos individuais e não pelos coletivos. Ele continuou:

– Então vejamos... Você deve encontrar uma forma de abordar o assunto com Lavris, no Sétimo Departamento. Eu sugeriria que você apanhasse aquela reprimenda e a associasse de alguma forma à sua descoberta. E depois, acidentalmente... Não se esqueça, acidentalmente, pois a legislação em si não é função do Sétimo Departamento, fale no significado que sua descoberta teria com as novas leis, introduzindo a mim e a você no caso... Devo lembrar a você que Lavris tem influência sobre o ministro Tatjo, da Justiça...

– Mas não seria mais prático falarmos diretamente com o ministro Tatjo?

– Totalmente ao contrário. Mesmo se você tivesse uma função definida, uma função sólida e importante em relação a este projeto de lei, transcorreriam semanas e semanas até que você chegasse a ele, e não podemos deixar você longe da Cidade Química nº 4 por tanto tempo. Se você apenas portar o projeto de lei, é bastante improvável que seja um dia recebido; quem é você, perguntariam, para sugerir leis? O particular obedece às leis, não as elabora. No entanto se Lavris levantar o assunto... Mas é preciso despertar o interesse dela. Você acha que conseguiria?

– O pior que pode acontecer é eu fracassar. Não estou me expondo a perigo nenhum.

No fundo eu sabia que seria bem-sucedido; empregaria toda a minha habilidade nessa missão. Certamente Karrek notou isso em mim, quando me testou com seu olhar insinuante.

– Vá, então. A licença estará aqui amanhã, como também as recomendações. Agora você pode voltar ao seu trabalho.

10

Tivemos de esperar Tuareg. Quando se está acostumado a ter obrigações fixas a cada minuto, dia e noite, um espaço de tempo vago torna-se uma tortura incrível, mas tudo, inclusive o pior, tem sua compensação, e por fim nos encontramos diante do ministro da Polícia, com a chance de mostrar-lhe para que servia a kallocaína. Nunca imaginei que seria necessário me controlar tão violentamente para não tremer as mãos quando vi serem arregaçadas as mangas de um delinquente barbudo sentado na cadeira à minha frente, mas os pequenos olhos de urso de Tuareg me alfinetavam a nuca de forma tão aguda que eu quase me sentia sob a agulha da seringa. Enfim, tudo transcorreu bem. Em meio a uma série de circunstâncias difíceis, que fizeram o ministro inclusive esboçar um sorriso com sua boca carnuda, o que tornou o ambiente mais descontraído, o interrogado confessou, sem esquecer detalhes, não só o crime pelo qual fora acusado e ao qual até então se careciam de provas concludentes, como também uma série de outras transgressões, que cometera sozinho ou com outros. Informou nomes e acontecimentos sem vacilar. As narinas de Tuareg se dilatavam de satisfação.

Continuamos com outros. Rissen e eu aplicávamos alternadamente a droga, o próprio secretário do ministro fazia o protocolo, e para testar-nos enviavam um ou outro cidadão-soldado inocente entre os demais – isto é, inocente quanto a transgressões à lei; em um sentido mais amplo, a palavra dificilmente conviria a quem quer que fosse, para evidente satisfação do Ministro da Polícia. Quando acabamos de examinar seis pessoas, em tempo excepcionalmente curto, Tuareg se levantou e declarou estar totalmente convencido. A kallocaína em breve substituiria os outros métodos de investigação em todo o Estado Mundial, esclareceu ele. Esperava que reservássemos alguns dias para instruir um grupo de experts da capital; queria, além disso, antecipar que nossa missão, ao voltarmos para casa, seria a de ensinar a aplicação e a fabricação de kallocaína em grande escala nas Cidades Químicas. Ele se despediu com evidente bom humor, e logo recebemos umas vinte pessoas para serem instruídas. As cobaias permaneciam em uma longa fila ante a porta e esperavam, todos criminosos mantidos em prisão preventiva.

Já no dia seguinte fui chamado por Karrek e recebi ordens de deixar provisoriamente todo o trabalho para Rissen. Pôs-me na mão um considerável pacote de papéis, que consistia de licenças, recomendações e identificações diversas.

Esqueci de contar que a solicitação de uma nova campanha de recrutamento de cobaias voluntárias, que eu disparara e expusera ante as diversas instituições da Cidade Química, fora totalmente firmada em poucos dias. Trouxe comigo todas as assinaturas para entregá-las pessoalmente ao Ministro de Propaganda. Por uma questão de segurança, pedi conselhos a Karrek sobre como proceder, e ele me deu ótimas indicações. Minhas excelentes recomendações certamente seriam também suficientes para o Terceiro Departamento, ao qual competiria uma tal campanha. Tomei então o metrô e saltei em frente à monumental porta subterrânea do Ministério da Propaganda.

Já pela manhã eu me sentira atacado por um certo mal-estar, e o médico pessoal do Ministro da Polícia me prescrevera uma série de remédios, de modo que eu me encontrava num estado um pouco anormal. Provavelmente era essa a razão da minha inexplicável agitação ao solicitar audiência com Lavris, a chefe do Sétimo Departamento. Em verdade, o pedido acontecera via Karrek, já que eu teria maiores chances do que se pedisse pessoalmente, visto que ele parecia especialmente interessado na promulgação da nova lei, por razões para mim desconhecidas. Mas mesmo em meu estado de excitação, senti que não agia por conta de Karrek, tampouco por conta própria. Minha ação era apenas um passo em direção ao desenvolvimento colossal do Estado, talvez um dos últimos passos antes que a perfeição total fosse atingida. Eu, uma insignificante célula do grande organismo estatal, ainda por cima intoxicado, embora ocasionalmente, por diversas poções e drogas, estava em vias de desfechar um trabalho de limpeza que livraria o corpo estatal de todos os venenos inoculados pelos criminosos ideológicos. Quando, finalmente – após infindáveis formalidades, revistas de corpo, esperas –, levantei-me para ser recebido no gabinete de Lavris, foi como se estivesse me dirigindo para minha própria purificação, de onde voltaria totalmente calmo e livre desse resquício antissocial que eu não queria reconhecer nem dele tomar consciência, que não era meu, mas que repousava traiçoeiramente em meus recantos mais obscuros e que eu podia resumir em uma palavra: Rissen.

Nada distinguia o gabinete de Lavris de milhares de outras salas de trabalho, a não ser os vigias armados, dispostos aqui como junto ao Ministro da Polícia, que indicavam ser aquele que aqui trabalhava um dos valiosos e caros instrumentos do Estado. A mulher alta, de pescoço esguio atrás da escrivaninha, com a pele repuxada na boca e um eterno sorriso irônico, era Kalipso Lavris.

Mesmo se sua idade não fosse indefinida e sua postura, rígida como a de uma estátua de um deus antigo, em meu estado febril, eu a veria apenas como semi-humana. Nem mesmo uma grande espinha que explodira no lado esquerdo de seu nariz e atingira seu amadurecimento total não a desmerecia ante meus olhos. Não era ela a mais alta instância ética do Estado Mundial, ou pelo menos a força diretiva da mais alta instância ética, o Sétimo Departamento do Ministério da Propaganda? Não se podia ler em seu rosto afeições pessoais como em Tuareg; sua imobilidade não continha impulsos ocultos como a de Karrek; ela parecia a personificação cristalina da lógica, purificada de todos os azares da individualidade. Era uma alucinação febril, mas ao mesmo tempo uma imagem bastante exata de Lavris, acho.

Eu já sabia de antemão que a alusão a uma nova legislação não podia ser feita abertamente, pois o Sétimo Departamento nada tinha a ver com o assunto de forma oficial. Os vigias, com suas armas em punho, lembravam-me ainda mais disso, sem que, no entanto, me importunassem. Minha missão era por demais necessária para que o Estado ou eu fracassássemos.

Eu nem imaginava quanto me enredara com a questão da reprimenda. Enquanto buscavam minha ficha policial, tive de esperar em uma pequena sala de recepção por mais de duas horas, suponho. Mas devemos aprender, pensei, devemos aprender a esperar. O tempo acabou passando. Devo admitir, no entanto, que a ficha foi prontamente expedida, considerando-se o espaço imenso que deve ocupar tal fichário de todos os cidadãos-soldados do Estado Mundial. Embora eu jamais o tivesse visto, podia muito bem imaginar ser necessário pelo menos uma hora apenas para atravessar as imensas salas até aquela onde estava a ficha e voltar; por outro lado, obviamente, tudo precisava estar minuciosamente sistematizado para que não se precisasse procurar muito ao chegar lá. Supondo-se ainda que o fichário dificilmente se encontraria no Ministério de Propaganda, mas sim no da Polícia, era possível se considerar feliz com apenas duas horas de espera.

Quando fui novamente admitido, Lavris estudava minha ficha – ficha é modo de dizer, pois mais parecia um pequeno livro encadernado –, junto à qual estava uma delgada pasta com papéis que provavelmente continham instruções e deliberações sobre a questão da minha reprimenda. Era perfeitamente compreensível que ela tivesse esquecido completamente o caso, sobrecarregado como devia estar o Sétimo Departamento com as mais importantes denúncias e problemas de todo o Estado.

– Temos aqui o seu caso – disse Lavris, com sua voz monótona e ao mesmo tempo alta. – Consta de sua ficha policial que o senhor já pediu para apresentar sua autocrítica no rádio, embora ainda não tenha tido a oportunidade. O que o senhor realmente quer?

– Levei às últimas consequências as palavras: *o desmascaramento dos últimos*, os relutantes, *é uma valiosa atitude para o bem do Estado*. Descobri inclusive uma droga que torna possível desmascarar todos com maior minúcia e sistematização do que antes.

E falei da kallocaína tão entusiasticamente quanto pude.

– Agora – concluí –, basta apenas esperar por uma legislação da mais devastadora espécie até então conhecida pela história: a legislação contra ideias e pensamentos subversivos. Talvez demore ainda... Mas virá, certamente.

Ela pareceu não reagir à minha sondagem. Decidi experimentar a mesma isca que usara com Karrek.

– Qualquer um pode ser incurso nessa lei – insinuei, acrescentando após uma longa pausa: – Naturalmente, qualquer um que não seja leal até os ossos.

Lavris permaneceu silenciosa e pensativa. A pele pareceu repuxar-se um pouco sobre as saliências da face. Subitamente espichou uma mão longa e bem cuidada, apanhou delicadamente um lápis entre o indicador e o polegar e girou-o lentamente até a junta dos dedos ficarem brancas. Sem demonstrar concessões, levantou os olhos e perguntou:

– Era isto que o trazia aqui, cidadão-soldado?

– Sim, este era o meu objetivo. Chamar a atenção do Sétimo Departamento para uma descoberta que possibilita demonstrar a condenável relutância interna de cada um, embora esta ainda não tenha se tornado um crime perante a lei. Se tomei inutilmente o tempo deste Departamento, estou pronto para pedir desculpas.

– O Sétimo Departamento agradece suas boas intenções – respondeu ela, com uma impermeabilidade glacial.

Despedi-me e saí, cheio de dúvidas e ainda com febre.

Ao entrar cambaleante no Terceiro Departamento com minha lista de nomes, o relógio assinalou o fim da jornada e quase fui derrubado pelos funcionários que saíam precipitadamente. Um velho de ar azedo ainda permanecia sentado, concluindo alguns cálculos, e não vi outra solução senão dirigir-me a ele. Franziu o nariz, manteve seu mau humor ante as recomendações, examinou as listas e disse:

– Mil e duzentos nomes, não? Todos com altos méritos científicos? Pena o senhor ter chegado tarde. Sua solicitação já foi atendida antes mesmo que o senhor pudesse apresentá-la. Não menos que sete outras Cidades Químicas nos enviaram o mesmo pedido, algumas oito meses atrás. A campanha que o senhor deseja está sendo preparada para ser lançada.

– Nada me alegra mais que isso – respondi, um tanto decepcionado por não ter tomado parte pessoalmente dessa atitude meritória.

– Portanto, o senhor nada mais tem a fazer aqui – disse o homem, e curvou-se sobre sua coluna de cifras.

– Mas não seria possível arranjar-me uma forma de participar dessa campanha? – gritei, assaltado por uma súbita coragem causada talvez pela febre. – Se estou comprovadamente interessado no assunto, por que não poderia participar dos preparativos? Tenho uma pilha de recomendações... Olhe aqui... E aqui... E aqui...

O homem o olhou de lado, ora para meus importantes documentos, ora para suas colunas em branco; olhou depois com um suspiro para o último de seus colegas que desaparecia pela porta. Ele não ousaria me expulsar. Finalmente encontrou uma saída que lhe pareceu ser a mais rápida possível.

– Vou dar-lhe uma apresentação – disse, e escreveu algumas linhas à máquina, apanhou rapidamente um grande carimbo, o do Terceiro Departamento, calcou-o sobre o escrito e passou-me o papel.

– Palácio dos Estúdios Cinematográficos, às 20h, hoje à noite. O que fazem lá não sei, mas sempre estão fazendo algo. Isso é suficiente. Ninguém me conhece lá, mas conhecem o carimbo. O senhor está satisfeito agora? Espero que não tenha feito nenhuma besteira...

11

Eu tinha quase certeza de que ele cometera uma besteira. Só alguns dias mais tarde fui saber que legalmente eu jamais teria tido acesso ao Palácio dos Estúdios Cinematográficos. Era evidente ser necessária toda uma preparação, talvez uma educação totalmente diferente, para evitar o choque que eu recebi. Consequentemente, era também evidente que as autoridades competentes teriam me negado a entrada. A impressão foi de fato um pouco distorcida em função do meu estado febril; mas tais distorções costumam passar logo, e a comoção que experimentei à noite no Palácio dos Estúdios Cinematográficos deixou marcas por várias semanas.

Minha decidida permanência no mundo dos princípios teve existência fugaz. A frieza impenetrável de Lavris abalara minha confiança, talvez mais que tudo, a fé em mim mesmo. Quem era eu para propor planos para salvar o Estado? Um homem doente e cansado, por demais doente e cansado para buscar refúgio em princípios éticos de funcionamento impecável, expressos em surda e sonora voz. Lavris teria uma voz profunda, maternal, como aquela mulher da seita lunática, teria me consolado como Linda, teria sido uma mulher simples, comum... Nesse ponto fui arrancado de minha semissonolência cansada e pulei do metrô. A apresentação do funcionário com o carimbo do Terceiro Departamento servira como licença, e sem saber exatamente como, lá estava eu diante da porta subterrânea que conduzia ao Palácio dos Estúdios Cinematográficos. Na capital, todos os edifícios de grande importância tinham portas subterrâneas e acabou acontecendo que em toda a minha viagem jamais tive a sorte de subir ao ar livre.

Quando insisti em meu capricho e solicitei que me fosse permitido participar dos preparativos, pensei que assistiria à realização de um filme. Seria muito interessante, e para o meu estado, repousante, acomodar-me como fosse possível para assistir à criação do filme. Mas eu me enganara. A sala onde fui introduzido era uma sala comum de conferências, sem refletores nem bastidores. Uma centena de espectadores lotava as cadeiras, nada mais. Interrogaram-me minuciosamente sobre quem eu era, examinaram todos os meus papéis e por fim me colocaram numa das últimas fileiras.

Fez-se o discurso de saudação. Deduzi que a reunião trataria de examinar em linhas gerais uma série de roteiros, apanhar as linhas gerais mais importantes para um trabalho satisfatório e fazer uma primeira triagem. Uma série de instituições se fazia representar, entre outros diversos departamentos do Ministério de Propaganda, comissões diretivas das instituições artísticas e o Ministério da Saúde. O Serviço Voluntário de Cobaias não estava representado, o que ninguém entendia melhor do que eu. Inicialmente saudaram com boas-vindas o conferencista da noite, um psicólogo especializado na matéria, ao que tudo indicava. Eu o engoli com os olhos quando subiu à tribuna. Nós mal conhecíamos psicólogos na Cidade Química, exceto alguns poucos conselheiros dos acampamentos infantis e juvenis e os psicotécnicos que realizavam as provas necessárias quando os jovens eram sorteados para as diferentes profissões. Djin Kakumita era pequeno e delgado, cabelos grisalhos e movimentos vivos e bem estudados de mãos. Quando tento reproduzir o preâmbulo de seu discurso, palavra por palavra, sei muito bem ser impossível fazê-lo, pois longos trechos ficaram perdidos na memória. No entanto sinto que a imagem é clara o suficiente para que possa dar uma ideia do conteúdo principal.

– Cidadãos-soldados – começou. – Diante de mim tenho um grosso volume, que tem sua origem em não menos de 372 roteiristas. É impensável discutir um a um os 372 manuscritos, alguns escritores deverão nos perdoar. – Risos entre os assistentes: naturalmente nenhum desses subescritores, que por assim dizer produziam matéria-prima, eram convidados para o trabalho qualificado posterior. – Em vez disso, farei rapidamente uma crítica em linhas gerais, que será ao mesmo tempo o fio condutor do trabalho.

"Antes de mais nada, dei-me ao direto de dividir essas histórias em dois grandes grupos principais: as com final feliz e as com final infeliz. Como o objetivo é atrair e incitar, poderia se crer que as de final feliz seriam as mais adequadas. Não é este, no entanto, o caso, como provarei agora. Para quem o final feliz é atrativo? Para os apáticos, que no fundo, temem os sofrimentos e a morte, e não é a eles que nos dirigimos. Investigações psicológicas têm-nos levado a concluir que as cobaias recrutadas entre estes são em pequeno e cada vez menor número. Quando tais pessoas chegam à feliz conclusão, esquecem alegremente o próprio conteúdo do filme. Voltam para casa e dormem tranquilas, convencidas de que o herói e a heroína se saíram bem. Não se dirigem ao serviço de propaganda para se inscreverem. Sacrifícios com final feliz servem para os intervalos entre as campanhas, não para os períodos de campanha. Servem para acalmar e tranquilizar familiares e demais cidadãos-soldados quando estes se perguntam por filhos, irmãos, colegas que desapareceram no Serviço Voluntário. Tais filmes devem ser produzidos esporadicamente e sua influência deverá ser positiva; não devem apenas ter um final feliz, senão também um sólido enredo recheado de humor sadio, cenas cômicas, de preferência com situações comoventes, mas não heroicas. Uma série de manuscritos apresenta uma feliz mistura de uma mentalidade desejável durante os intervalos e daquela que deve ser divulgada nos períodos de campanha mesmo.

"Os filmes que atraíram mais pessoas foram os com o assim chamado final infeliz. Digo o assim chamado, pois é sempre arbitrária a conceituação do que seja a mais alta felicidade para o indivíduo, arbitrária e eventualmente fria, pois a rigor nada deve ser considerado a partir do ponto de vista individual. Em todo caso, estou me referindo aos filmes em que o herói sucumbe. Em quaisquer circunstâncias, podemos contar com certa porcentagem de cidadãos-soldados para os quais isto é, no fundo, a maior felicidade, principalmente se ocorre em sacrifício ao Estado. É principalmente dessa porcentagem que são recrutadas as cobaias voluntárias, e tenho razões para crer, razões que voltarei a comentar mais tarde, que essa porcentagem é bastante grande em nossos dias. Trata-se, pois, de despertar e excitar as tendências já existentes em cada um, e orientá-las no rumo certo.

"Em regra, os heróis expostos ao ridículo são bastante difíceis de contentar quanto à escolha de suas ruínas. É necessário apresentar um herói que fascine. Antes de mais nada, é preciso evitar rigorosamente todas essas doenças e formas de morte que têm em si algo de ridículo. Estados nos quais a cobaia vira um trapo, sem condições de manter a dignidade, sem conseguir se conter, sem condições de auxiliar a si mesma nas necessidades biológicas mais básicas; tais situações devem ser evitadas em filmes desse tipo. Para filmes de períodos intermediários, perfeito! E, nesse caso, com final feliz e reforço no lado cômico. Mas os sofrimentos que atraem heróis devem ser (a) *dignos* de serem vistos e (b) adequados.

"A aspiração de sentir-se como instrumento exclusivo de um objetivo mais alto é um instinto com que se pode contar ilimitadamente nos tipos de herói com que até agora mantive contato. Ninguém pode seriamente acreditar que sua vida tenha um valor em si mesma. Se falamos do valor de uma vida, esse valor evidentemente será algo que está fora do indivíduo. Que dia, que momento de nossa vida ousamos conceber como valioso o si mesmo? Nenhum. E eu sustento que essa consciência da vida individual em si mesma tem sua correspondência em um reconhecimento cada vez mais profundo das insondáveis exigências do Mais Alto Objetivo, isto é, do alvorecer da consciência do Estado nos cérebros dos cidadãos-soldados. Esse sofrimento que o filme apresenta deve conter um benefício supraindividual demonstrável como objetivo. Não deve ser *uma* pessoa que se salva com a morte do herói, pois então ele podia perfeitamente ter salvo a si mesmo! Nem mesmo um pequeno grupo, mas milhares, milhões, *de preferência todos os cidadãos-soldados do Estado Mundial.*

"Um subcapítulo desta adequação é: (c) o *glorioso* da morte que se apresenta. Com isso não quero afirmar que o herói deva colher a glória de seus atos; isso baixa o nível dos filmes e pouco influencia as naturezas verdadeiramente heroicas. Pelo contrário, ele deve ser salvo de uma profunda desonra íntima. Contra o herói contrapomos notadamente o vilão, sujeito antissocial e com motivações egoístas, o homem que não resiste às tentações e se esquiva da dor e da morte. Mortalmente feio ou antipaticamente descuidado na aparência, flácido e indisciplinado, ele deve percorrer o enredo todo como um paralelo de advertência, no entanto jamais tão exageradamente apresentado a ponto de adentrar como uma agulha as consciências mais sensíveis: você, espectador, não será assim, por acaso? O temor de ser covarde, desonrado, interiormente feio, é geralmente uma intensa força de atração nos tipos heroicos que descrevi, os quais devemos ter em vista antes de tudo em nossa campanha.

"Muito poucos são os manuscritos em meu poder que preenchem todas as rígidas exigências que acabei de apresentar. A continuação de nosso trabalho será bastante instrutiva: o material será dividido entre vários estúdios, triado e criticado segundo as linhas de orientação de que falei, e o que puder ser utilizado será remodelado, melhorado, polido, até que reste um número relativamente pequeno de proposições, mas totalmente satisfatório. Esse trabalho deverá estar pronto em quatorze dias, quando nos reuniremos novamente para examinar juntos o resultado. Devo agora agradecer a palavra, esperando uma viva discussão."

O homem desceu da tribuna. Eu me sentia terrivelmente mal, embora não soubesse dizer exatamente o porquê. Estava seguro de que todos viam o psicólogo como alguém que inspirava confiança ao falar dos cidadãos-soldados como um técnico meticuloso fala de mecanismos sofisticados, que todos eram transportados por sua superioridade e de que ele, pessoalmente, julgava-se acima da máquina, manipulando os controles. Mas, fosse ou não pela febre, eu conservava sempre viva a imagem da minha primeira cobaia, nº 135, e de seu único grande momento, que eu invejava. Podia desprezar o nº 135 tanto quanto quisesse, podia maltratá-lo em pensamentos ou na realidade, mas enquanto o invejasse, não poderia jamais encará-lo como um engenheiro encara a sua máquina.

A discussão começou. Alguém indicou a importância de se apresentarem heróis jovens em vários filmes para cativar a juventude. Não que fosse *desejável* obter cobaias mais jovens. A estatística mostrava que uma cobaia suportava em média um determinado número de anos, independente da idade em que começara a ser utilizada, e podia-se inclusive afirmar ser indiscutivelmente mais vantajoso que o Estado *primeiro* a utilizasse durante alguns anos em outra profissão e *depois* (durante esse número estatístico de anos) no Serviço Voluntário, em vez de utilizá-la *apenas* para essa função. Mas uma razão pesava mais: os jovens eram mais facilmente influenciáveis. O casamento e o dia a dia tomado pelo trabalho influenciavam de forma desfavorável o número de inscrições. Evidentemente, existiam em todos os grupos e faixas etárias pessoas solitárias, que perambulavam famintas de algo, embora não soubessem precisamente de quê. Quando a assim chamada felicidade e a assim chamada vida as decepcionavam, estavam prontas para uma busca no sentido oposto, pois talvez então tivessem melhor sorte. Tais seres não deviam ser esquecidos. Mas a idade juvenil – antes de mais nada, uma faixa etária cuidadosamente escolhida – era a idade da solidão e das decepções por excelência. Ou talvez apenas a *temerária* idade da solidão e das decepções? Consequentemente, devia ser a idade mais visada pela campanha.

Um outro sublinhou as palavras do último orador e acrescentou que a idade jovem tinha mais vantagem em relação à madura: como tais volumes de inscrições afluíam dos acampamentos juvenis após cada campanha cuidadosamente preparada, tinha-se condições de fazer uma triagem. Não havia sentido algum em aceitar todo e qualquer inscrito. Muitos tinham tais dotes, que o Estado tiraria melhor proveito de seus cérebros do que de seus tecidos e órgãos. Disso concluía-se que a idade mínima não deveria ser muito baixa. Antes dos quinze ou dezesseis anos, era geralmente arriscado julgar-se suas possibilidades genéricas e especiais de utilização.

O orador seguinte apresentou objeções contra este último e afirmou que, já desde os oito anos, podia-se distinguir alguma capacidade especial que merecesse ser cultivada ou não, e que muito bem se podia baixar a idade mínima de inscrição para oito anos, e por que não, inclusive rodar alguns filmes especialmente elaborados para influenciar crianças nessa idade? Contra este objetou um outro dizendo que, por um lado, conheciam-se muitos exemplos de capacidades de grande proveito que não se manifestavam senão em idades posteriores; por outro lado, um tal apelo em relação à idade infantil não teria significação suficiente para justificar os custos de produções extras. Algo seria evidentemente economizado, uma vez que as crianças eventualmente inscritas não necessitariam de instrução especial, mas, por outro lado, as tendências heroicas *desta espécie* não se manifestavam seriamente antes da puberdade.

Um outro afirmou a importância de não lançar filmes com intervalos por demais longos. Em verdade, não era preciso exercer grande pressão para provocar essas inscrições. Apenas certo impacto era suficiente para produzir uma influência tão forte quanto violenta, e significativamente menos perigosa a longo prazo. De preferência, forçar uma rápida decisão: agora ou nunca, tome a decisão em determinado tempo ou será tarde demais! A angústia que geralmente surge em situações críticas da vida se intensifica diante da rápida opção e conduz à direção certa, se a propaganda for bem dirigida.

Alguém agradeceu pelo último ponto de vista e acentuou que esta angústia que, por vezes, se intensifica em cada cidadão-soldado, podia tornar-se uma riqueza incalculável para o Estado, desde que manipulada por psicólogos experientes. Ao ser usada, por assim dizer, como estímulo para uma decisão, não se constatou mal algum que a decisão fosse tomada um tanto precipitadamente. Essa decisão aumentava a sensação de alívio e alegria extasiante dos primeiros inscritos e conduzia novos a se inscreverem em maior quantidade ainda. Inscrições irrevogáveis ultrapassavam o objetivo que se pretendia; o orador julgava inclusive serem excessivos os dez anos obrigatórios. Alcançava-se o mesmo efeito com dificuldades menores, estabelecendo-se a validade da inscrição por cinco anos. Após esse período, a cobaia quase não tinha mais juventude, força e possibilidades de seguir um novo rumo. Com uma propaganda bem elaborada, era possível evitar toda violência e, consequentemente, toda oposição.

É preciso lembrar que eu estava doente. De outra forma, não se explica que eu tenha me levantado e pedido a palavra. Estranhamente, o nº 135 não havia parado de assombrar meus pensamentos. Enquanto o tinha em mãos, fiz tudo para humilhá-lo, mas agora pareceu-me que devia defendê-lo.

– Quero fazer uma observação ao modo como os senhores tratam nossos cidadãos-soldados como mecanismos – disse eu lentamente, tateante. – Isso me parece uma falta de consideração... De respeito...

Faltou-me a voz, senti que a cabeça girava a ponto de não poder enunciar perfeitamente as palavras.

– De forma alguma! – gritou um dos oradores anteriores, ríspida e impacientemente. – Que insinuações são essas? Ninguém valoriza mais do que eu o tipo heroico. Como não iria saber quão necessários são para o Estado? Eu, que dediquei longos anos da minha vida a estudar exatamente esse tipo e suas condições! O senhor acha que talvez eu tenha feito isso por julgá-los inúteis? E o senhor ainda fala em falta de consideração!

– Bem, bem, consideração pelo resultado... Mas... Mas... – respondi confuso.

– Mas o quê? Para o que não tenho consideração? – perguntou meu oponente quando silenciei.

– Nada – respondi abatido e sentei-me. – O senhor tem razão. Enganei-me e peço desculpas.

Constatei, suando frio, que havia me contido no momento exato. Que pretendia eu dizer? "Vocês não têm consideração para com o nº 135?" Belo ponto de vista! Tendências individualistas escondidas sob a superfície. Senti medo de mim mesmo.

Não, não de mim mesmo! Não era eu, este que eu repudiava e contra o qual lutava. Não era eu. Era Rissen.

Durante um longo momento nada ouvi do que acontecia em torno de mim, tão nervoso estava pelo perigo que evitara. Quando finalmente consegui me concentrar, Djin Kakumita estava na tribuna. Falava já há algum tempo, pelo que pude perceber.

– Este, por assim dizer, tipo heroico passivo torna-se cada vez mais solicitado pelo Estado nos dias que correm. São imprescindíveis não apenas no Serviço de Cobaias, mas também como recrutas, reprodutoras e fornecedoras de crianças para o Estado e em milhares de outros pontos. Essa necessidade se torna especialmente aguda nos tempos de guerra, quando cada cidadão-soldado deve integrar este grupo. Por outro lado, é claro para qualquer um não ser desejável que ocupem posições de liderança, em que se exige olhar frio e objetivo, rápido espírito de iniciativa e energia sem escrúpulos. Podemos então situar assim o problema: como se pode, em caso de necessidade, aumentar a presença deste mais nobre de todos os tipos, desta alma solitária e desesperada de herói, decepcionada com a vida e inclinada para o sofrimento e a morte? Bem...

Eu me sentia muito mal e decidi deixar a sala. Como era estranho ao meio e não pertencia a nenhum dos grupos de trabalho, isso a rigor não tinha importância alguma. Com passos lentos e silenciosos, fazendo o máximo para não atrapalhar, cheguei furtivamente até a porta, onde mostrei ao vigia meus papéis e expliquei, sussurrando, meu estado. Em meio às explicações, fui interrompido por um homem alto e moreno, em uniforme policial-militar com patente bastante alta. Vinha de fora e queria entrar na sala a essas horas já tardias da noite. Mostrou um papel ao vigia, que não só lhe permitiu a passagem como também o conduziu imediatamente até a sala, de forma que pudesse passar sem problemas para o corredor. Lá de dentro ouvi uma voz baixa e firme, embora eu não pudesse entender o que dizia, e, ao calar-se, um murmúrio cresceu no auditório.

O vigia voltou ao seu posto, e não pude deixar de perguntar do que se tratava.

– Ssssh! – sussurrou, olhando em volta. – Já que o senhor participa da reunião, cidadão-soldado, posso contar. A produção de filmes publicitários para o Serviço Voluntário de Cobaias foi suspensa. Todas as forças são necessárias em outro ponto. O senhor compreende o que isso significa, e eu também, mas nenhum de nós tem o direito de compreender em voz alta...

Falar assim já era compreender em voz alta, mas não me preocupei em censurá-lo. Tratei de pegar logo o elevador, cansado como estava. Mas ele tinha razão. Eu entendera muito bem o que a interrupção significava. O Estado Mundial estava à sombra de uma nova guerra.

12

Meu desejo de aventura fora saciado. Minha vivência na capital fora múltipla e instrutiva o suficiente para que eu jamais a esquecesse: a prova de fogo da kallocaína diante de Tuareg, minha visita ao Sétimo Departamento e, por fim, a discussão psicológica dos filmes, para a qual eu não estava preparado. De fato, eu não estava realmente maduro para assistir àquilo. As palavras persistiam em mim e me devoravam como um mal secreto. No entanto eu nada tinha a objetar contra afirmação alguma – as afirmações puramente psicológicas eu deveria deixar para o exame dos especialistas – e me envergonhava terrivelmente cada vez que pensava em minha interrupção desnecessária e estúpida. Uma vez que eu percebia muito bem o erro que cometera, por que continuava a me torturar então? Eu jamais ouvira um conceito tão claro e objetivo do valor da contribuição dos cidadãos-soldados – e, no entanto, sentia-me como se o tormento de existir tivesse se tornado imenso e o sentido do conjunto, infinitamente pequeno. Sabia ser esta uma visão falsa e malsã das coisas, e tentei me convencer com todos os argumentos possíveis. Mas para o vazio desolador que se alastrava em mim, não havia outro nome senão *ausência de sentido.*

Seria lindo, pensei aterrorizado, se algum policial brincalhão, ou mesmo Rissen, tomasse-me a seringa das mãos e a cravasse em meu próprio braço. Não era difícil imaginar o que o Sétimo Departamento diria de meu estado de espírito. Bastava que Rissen tivesse autoridade para tanto, e provavelmente se dedicaria com prazer a me desmascarar e a buscar provas para a sua afirmação de que "nenhum cidadão-soldado acima dos quarenta tem a consciência limpa". Não era isso que ele desejava o tempo todo? Não fora ele quem me fizera chegar a este ponto, com suas insinuações pérfidas? O homem era um perigo para mim e para todos. O pior de tudo era imaginar até onde ele teria conduzido Linda à ruína, e se estavam aliados contra mim, os dois.

Tudo isso permanecia fermentando por dentro. No exterior, eu tinha muito a fazer para que pudesse dedicar meu tempo a elucubrações. Tuareg já havia dado ordens para que os procedimentos judiciais comuns fossem substituídos pelo exame com kallocaína, e gente de todo o Estado Mundial já fazia fila para participar dos novos cursos que estávamos organizando. Fomos transferidos – até nova ordem, diziam – para o serviço policial e recebemos instalações na Casa de Polícia. Karrek enviou todos os prisioneiros diretamente a nossas salas de aula, para que fossem ao mesmo tempo interrogados a fundo e servissem como material de experiências; por isso sempre estavam presentes um alto policial ou militar como juiz, e o protocolo era redigido tanto pelos secretários de polícia como pelos secretários à disposição do curso.

Logo ficou evidente que o trabalho crescia a ponto de nos sufocar. Tínhamos de aceitar mais gente no curso do que seria conveniente, e mesmo assim, muitos tinham de esperar. Tampouco tínhamos tempo para examinar todos os prisioneiros que chegavam. Foi necessário apressar cada caso e, inclusive, encurtar em meia hora a pausa para almoço.

O trabalho das cortes de justiça sempre foi – pelo que se pode lembrar – secreto; por isso, eu não dispunha de elemento algum de comparação. Quase todos os interrogados fraquejavam, arrasados e destruídos – sem razão, podia-se quase pensar, após centenas de contradições de cidadãos-soldados mais ou menos estranhos –, e, no entanto, suas revelações eram muitas vezes tão ridículas e insignificantes, do ponto de vista judicial, que começamos a duvidar se o sistema todo compensava seu custo. Surgiram ainda dificuldades com a kallocaína, que ainda era fabricada em quantidades pequenas nos laboratórios.

Certa vez discutimos a questão durante o almoço. (Isto é, Rissen, eu e todos os participantes do curso, tínhamos reservado uma longa mesa no grande refeitório, onde também comia o pessoal auxiliar da Casa de Polícia). Como havíamos trabalhado a todo vapor pela manhã, o ar estava mais úmido e quente do que o normal e, para piorar, dois dos ventiladores da nossa sala haviam pifado. Alguém reclamou em voz alta das muitas denúncias ocasionadas por ninharias ou até mesmo por nada.

– As denúncias vêm aumentando ininterruptamente nos últimos vinte anos. Sei disso pelo próprio chefe de polícia – disse Rissen.

– Mas esse fato não indica necessariamente que a criminalidade tenha aumentado. Pode muito bem ser que a lealdade tenha aumentado, a sensibilidade para descobrir onde está a podridão... – respondi.

– Isso significa que o terror aumentou – disse Rissen, com inusitada energia.

– Terror?

– Isso mesmo, o terror. Estamos nos encaminhando para uma vigilância cada vez mais rígida, e isso não traz mais segurança como esperávamos, mas sim angústia. Quando uma fera se sente ameaçada e não vê lugar por onde fugir, passa ao ataque. Quando o terror se espalha entre nós, nada há para fazer senão golpear primeiro. Isso é difícil, quando nem sabemos onde golpear... Melhor prevenir que remediar, não diz assim o velho ditado? Se alguém se golpear com suficientes profundidade e precisão, talvez seja possível se salvar. Existe uma velha história de um espadachim tão preciso que conseguia ficar seco mesmo sob a chuva: golpeava as gotas que caíam com sua espada, de forma que nenhuma o atingia. Devemos esgrimir mais ou menos assim, agora que chegamos ao grande terror.

– O senhor fala como se todos tivessem algo a esconder – respondi, ao mesmo tempo que ouvia quão falsas soavam minhas palavras, quão pouco convenciam.

Embora não quisesse acreditar nele, contra a minha vontade vislumbrei algo que me aterrorizou. Se apesar de tudo ele tivesse razão, e se minha missão junto a Lavris surtisse efeito, se não apenas palavras e atos como também pensamentos e sentimentos fossem devassados e julgados, então, então... Como formigas rastejantes em um formigueiro, todos os cidadãos-soldados se colocariam em movimento, não como formigas para trabalhar em conjunto, mas sim para se blindar contra os demais. Eu conseguia ver: colegas delatando colegas, maridos delatando esposas e esposas delatando maridos, subordinados delatando chefes e chefes delatando subordinados... Rissen não podia estar certo. Eu o odiava pelo seu poder de impor a mim os próprios pensamentos. Mas fiquei calmo ao pensar em quem seria o primeiro delatado, se a nova legislação se tornasse realidade.

Alguns dias mais tarde chegaram ordens de Karrek para que o curso fosse dividido. Os interrogatórios judiciais seguintes com as aulas paralelas seriam dirigidos por Rissen, com o auxílio dos mais avançados participantes do curso. Quanto a mim, passaria a dirigir um curso especial de química para que mais tarde pudesse iniciar a fabricação de kallocaína em grande escala.

Entendi logo ser um caso de necessidade. Além disso, eu devia estar satisfeito em poder voltar a trabalhar em química. Mesmo assim, a ordem me deixou irritado e decepcionado.

Enfim, as coisas transcorreram deste modo:

Entre as pessoas por nós interrogadas, tivemos o tempo todo o mesmo homem velho da seita de lunáticos, do qual havia falado e que surgira antes de nossa viagem à capital. Por acidente, seu caso havia sido suspenso – ele adoecera e só melhorara agora – e constava da ordem do dia seguinte, exatamente quando eu começaria meu novo curso de química. Fiquei surpreso e quase me assustei ao notar quão decepcionado estava por não presenciar aquele interrogatório. Devo perguntar a mim mesmo se esperava algo ao estilo daquela mulher que me causara tão profunda impressão; se desejava me expor novamente a semelhantes influências perigosas. Em verdade, eu não precisava me prender a motivações tão degradantes. Meu interesse se referia, antes de mais nada, à trama que Karrek ordenara que destrinchássemos: eu queria saber o que se ocultava sob toda aquela loucura. O aspecto inteligente do homem indicava que ele poderia estar mais profundamente iniciado nos íntimos segredos da reunião do que qualquer outro que havíamos encontrado antes. Eu desejava intensamente estar presente no desmascaramento, em especial por suspeitar que Rissen alimentava simpatias em relação à seita. Existe de fato um interesse negativo, disse a mim mesmo, que nada tem a ver com o positivo: seria o meu interesse pela seita de lunáticos idêntico ao meu interesse por Rissen?

Embora fosse constrangido a obedecer, não perderia de forma alguma o caso de vista, prometi a mim mesmo.

– Permita-me perguntar: aquele homem doente foi examinado hoje? – indaguei no dia seguinte, durante o almoço.

– Isso mesmo, foi interrogado hoje – respondeu Rissen, conciso.

– E o que veio à tona? Algo criminoso?

– Foi condenado a trabalhos forçados.

– Condenado por quê?

– Supõe-se que ele seja subversivo.

Impossível extrair do meu chefe de controle algo sólido e tangível. Não vi nenhuma outra saída senão pedir para ver o protocolo.

– Quanto a isso, não tenho instrução alguma que lhe permita ou proíba – disse Rissen. – Isso é com o chefe de polícia.

Karrek não pôs dificuldade quando lhe pedi permissão por telefone. Na primeira noite livre, fui até a Casa de Polícia, onde Rissen me esperava para abrir o arquivo e me entregar o documento. Era o protocolo do curso (o da polícia se encontrava em outro lugar, não sei onde), e bastante detalhado. Eu tinha de ler tudo ali mesmo, e inicialmente fiquei irritado com o fato de Rissen ter trabalhos a executar exatamente naquela noite. Compreendi que ele queria dar informações e esclarecimentos, e eu não os desejava.

Mal comecei minha leitura, mudei de ideia. Já que ele, em todo caso, encontrava-se à mão, eu podia muito bem fazer-lhe algumas perguntas.

– Gostaria de ter maiores detalhes sobre isso: "O interrogado começou a articular estranhas canções." Que quer dizer? Por que *estranhas*?

Rissen sacudiu os ombros e respondeu:

– Simplesmente estranhas. Não se assemelham a nada que eu tenha ouvido falar antes. Palavras obscuras, apenas parábolas e imagens, acho, e melodias, e não consigo imaginar como algum soldado no mundo poderia marchar ao som delas... Mas me causaram uma forte impressão, raramente algo me impactou tanto.

A voz dele vibrava tão claramente que suas modulações quase me atingiram também. Jamais deveria ter ido lá. Devia estar alertado por aquela voz quente de mulher, que falara sobre o orgânico e depois sempre me acenava com o mais profundo de todos os repousos. Ela se tornou novamente viva para mim, e me invadiu como algo injusto, traiçoeiro e demoníaco, como um vírus que se propaga não apenas em primeira mão, mas também em segunda; do homem desconhecido, que eu não ouvira cantar, até mim, como um eco da voz de Rissen. Perguntei, vacilante:

– O senhor poderia me dar algum exemplo dessas canções? Poderia repeti-las?

Mas ele sacudiu a cabeça.

– Eram estranhas demais. Apenas me anestesiavam.

Continuei lendo, esforçando-me para escapar daquela influência, que eu odiava. Por fim, disse:

– O senhor concordará que isso é criminoso. Pelo que sei, todas as informações geográficas e boatos são puníveis. Veja isto: uma cidade inabitada, em ruínas, em um lugar inacessível! Uma cidade desconhecida à qual não se pode chegar! Pelo que vejo, ele não conseguiu dar a posição exata, mas difundiu estas indicações.

– Quem pode saber se existe, ou não, essa cidade deserta? – respondeu Rissen, cético. – Ele declarou que ela só era conhecida por alguns poucos eleitos, que alguns deles moravam entre as ruínas. Isso não deve passar de uma lenda!

– Seja como for, uma lenda criminosa, pois apesar de tudo é um boato geográfico. Se existe atualmente uma tal cidade deserta, e se ela, como ele diz, origina-se nos tempos anteriores à Grande Guerra e ao Estado Mundial, e se foi realmente destruída por bombas, gases e bactérias, como poderia alguém ousar permanecer lá, mesmo sendo um lunático? Se lá existissem possibilidades de vida humana, há muito o Estado teria se apossado dela.

– Se você olhar um pouco mais adiante no protocolo, vai ver que a cidade é cheia de perigos por toda parte; aqui e ali dizem que as próprias pedras e areia estão contaminadas por exalações venenosas; colônias e bactérias se multiplicam nos buracos e fissuras, em suma, cada passo é um risco. Mas como você também pode ver, ele declarou existirem fontes de boa água, terra fértil para o cultivo de plantas comestíveis, e que os habitantes conhecem os caminhos seguros e esconderijos e vivem em amizade e ajuda mútua.

– Estou vendo, estou vendo. Uma vida miserável e insegura, cheia de angústia. Mas a lenda é edificante. Assim deve ser a vida, uma constante angústia e perigo, quando se foge da grande comunidade, o Estado.

Ele ficou quieto. Continuei a leitura sem deixar de balançar a cabeça e suspirar desalentado.

– Uma lenda! Uma história sobre algo que não existe! Restos de uma cultura morta! Naquela cratera deserta infestada de gases eles conservaram os restos de uma cultura morta anterior à Grande Guerra! Tal cultura não existe!

Rissen voltou-se logo para mim.

– Como podemos ter certeza disso?

Olhei-o surpreso.

– Mas aprendemos isso quando éramos crianças. Não se pode imaginar algo que mereça o nome de cultura na época civil-individualista. Uma pessoa lutava contra a outra, grupos contra grupos. Forças valiosas, braços fortes, cérebros excelentes eram desperdiçados, jogados no lixo por um adversário, roubados ao trabalho, perecendo sem uso nem sentido... Chamo isso de selva, não de cultura.

Rissen assentiu, sério, e disse:

– Eu também. No entanto... Não é impossível imaginar um veio subterrâneo, quase seco, esquecido, que ressurge agora em plena selva.

– Cultura é vida social – respondi secamente.

Mas suas palavras punham minha fantasia em movimento. Lá estava eu curvado sobre o protocolo tentando me convencer de que ali me sentava como juiz e crítico. Em verdade, minha ávida fantasia buscava no mais longínquo, no mais ignoto, algo que pudesse me libertar do presente, ou me dar a chave para dominá-lo. Mas eu ainda não entendia isso.

Um ponto do protocolo me causou verdadeiro choque. O homem repetira uma tradição de que as raças do outro lado das fronteiras teriam uma vez feito parte de certos povos fronteiriços do Estado Mundial. A região teria sido dividida em duas durante a Grande Guerra, e o povo também.

Eu estava indignado.

– Isso já é demais, isso que ele disse sobre os povos fronteiriços. É uma ideia imoral e ao mesmo tempo anticientífica – disse eu, com voz que vibrava de justa fúria.

– Anticientífica? – repetiu ele, distante.

– Isso mesmo, anticientífica! O senhor certamente não ignora, meu chefe, que nossos biólogos julgam estar definitivamente provado que nós, do Estado Mundial, e aqueles outros seres do outro lado das fronteiras temos origens completamente diferentes, como o dia e a noite, sim, tão diferentes a ponto de que podemos nos perguntar se os "povos" além-fronteiras podem ser chamados de seres humanos.

– Não sou biólogo. Nunca ouvi falar disso – respondeu evasivo.

– Fico feliz com a oportunidade de dar essa informação a você. As coisas são realmente assim. Nem preciso explicar por que esta tradição é imoral! O senhor pode imaginar as consequências de uma guerra de fronteira. É o caso de se perguntar se toda essa seita de lunáticos, com ensinamentos, costumes e filosofia de vida, não será uma estratégia do Estado vizinho na tentativa de minar nossa segurança, uma tentativa do bem montado aparelho de espionagem de que eles parecem dispor.

Após um longo silêncio, Rissen disse finalmente:

– Ele foi condenado mais por uma questão de tradição.

– Fico surpreso que não tenha sido condenado à morte.

– Ele era um profissional competente no ramo de fabricação de tintas, em que há falta de pessoal.

Não respondi. Senti que sua simpatia tendia para o criminoso. Mas não podia perder a oportunidade de um sarcasmo:

– Então, meu chefe, o senhor não está alegre agora que finalmente chegamos ao cerne da coisa e sabemos onde situar nossa simpática seita de lunáticos?

– Creio que é dever de um cidadão-soldado leal estar alegre – disse ele ironicamente, talvez sem a intenção de que a ironia fosse notada. – E posso agora fazer uma pergunta a você, cidadão-soldado Leo Kall? Você está totalmente seguro de que lá no fundo não sente inveja da cidade deserta e infestada de gases?

– Que não existe – respondi rindo. Estaria Rissen em seu perfeito juízo? Se isso era uma brincadeira, era de mau gosto e sem sentido.

Mesmo assim, sua pergunta me atormentou por longo tempo, como muitas outras palavras suas me atormentavam, como a vibração expressiva de sua voz me atormentava, como o homem todo, risível, capcioso e cortês, me atormentava.

Repeli com todas as minhas forças a ideia da Cidade Deserta, o que não era difícil, pois era inviável e repulsiva. Repulsiva e ao mesmo tempo fascinante. Repugnava-me acreditar em uma cidade, mesmo que estivesse em ruínas, infestada por gases e bactérias, mesmo que os indivíduos antissociais que lá buscavam seus miseráveis refúgios rastejassem por entre as pedras, tomados de angústia e terror, vitimados de quando em quando pela morte traiçoeira – mas, ainda assim, uma cidade onde o poder do Estado não alcançava, uma região fora da comunidade. Onde estava a sedução dessa ideia? Superstições são em geral fascinantes, pensei com raiva. São como um estojo, onde conservamos como joias nossas tentações enganosas: uma voz profunda de mulher, uma vibração numa voz masculina, um momento que jamais fora vivido, de abandono total, um sonho mau sobre confiança pessoal sem limites, uma esperança de sede saciada e repouso profundo.

Eu não tinha defesas contra a minha curiosidade. Não ousava perguntar a Rissen sobre o destino da seita de lunáticos, da qual me mantinha afastado. Temia que ele vislumbrasse um interesse em minhas perguntas maior do que o que eu realmente tinha. Eu apenas ousava fazer curtas observações irônicas durante o almoço. Rissen respondia breve e asperamente. Eu dizia, por exemplo:

– Aquela altamente inviável Cidade Deserta... Continua existindo na Lua? Certamente não tem ainda existência terrestre?

E ele respondia:

– Pelo menos até agora ninguém conseguiu localizá-la.

Ao levantar subitamente o olhar, encontrei seus olhos por um segundo. Ele os baixou imediatamente, mas tive tempo de ler neles uma pergunta contundente: "Você está totalmente seguro de que lá no fundo não sente inveja da cidade deserta infestada de gases?" Ele teria prazer em encontrar em mim tal tipo de sentimento. Embora tivesse forçado a tomar a iniciativa, era como se ele fosse o agressor e tentasse me empurrar à submissão. Amaldiçoei minha curiosidade doentia.

Consegui mais uma informação, desta vez não de Rissen, mas de uma participante do curso, inclusive sem que eu perguntasse. Ela falou algo sobre uma coleção de escrituras, da qual os prisioneiros haviam falado – um volumoso maço de papéis com sinais que representariam sons, mas que em nada se pareciam com nossas letras. Lembravam mais pássaros atrás de grades, ao que parece. Ninguém conseguia decifrar aquilo, nem mesmo os furtivos habitantes da Cidade Deserta, embora conservassem coleções fabulosas de tempos há muito idos. Eu estava quase certo de que existia alguma música naqueles sinais – podia ser também que tudo fosse um blefe –, provavelmente uma música primitiva e bárbara. Mesmo assim, nutria uma esperança quase selvagem de vê-los um dia interpretados. Um sonho idiota, que jamais se realizaria, nem para mim nem para nenhum outro. E mesmo que o conseguissem, num conjunto de marchas não pode existir sentido algum. Como se poderia encontrar nelas auxílio ou solução para algum problema?

Durante esse tempo, minha vida era dura e vazia. Linda e eu nos havíamos distanciado tanto um do outro que nem valia a pena tentar se comunicar. Felizmente, andávamos tão ocupados que raramente nos encontrávamos.

13

Algum tempo depois, fui chamado por Karrek em minha noite livre.

Eu me sentia relaxado ao sentar no metrô com minha licença de visita no bolso. Karrek tornara-se um dos pontos de apoio da minha existência. Nele nada havia da doença contagiosa que me assustava e me atraía em Rissen.

Karrek me recebeu no quarto, enquanto sua esposa lia sob uma pequena lâmpada na sala de estar. (Não tinham filhos.) No quarto a iluminação era também escassa – o que se tornava cada vez mais comum, por economia –, e isso não me permitia perscrutar os traços do chefe de polícia, mas em seus movimentos notei algo de anormal que me inquietava, sem que soubesse o que era. Ele mal ficava um minuto na mesma posição, sentava, levantava de novo, media o chão com passos muito longos para o pequeno recinto. Quando foi interrompido pela parede, bateu com os dedos nela como se quisesse remover um obstáculo.

Quando começou a falar, notei a mesma vivacidade anormal na voz: era exaltada, quase exuberante, e ele pouco se preocupava em esconder seu estado de espírito.

– Então, o que tem a me dizer? Vencemos, eu e você. Lavris deve ter convencido Tatjo a promulgar aquela lei contra pensamentos hostis ao Estado. Estará em vigência inclusive a partir de amanhã. Depois, sim, depois é que tudo vai começar.

Por um momento fiquei paralisado ante a ideia de que isso havia realmente acontecido e de que o dia fatal estava tão próximo. Isso era para ele uma evidente alegria. Meus lábios, pelo contrário, tremiam tanto que necessitei de grande esforço para me controlar quando respondi:

– Isso foi realmente uma atitude das mais judiciosas, meu chefe. Às vezes, gostaria que não tivesse acontecido. Não me interprete mal, falo por motivos puramente práticos. Pelo menos me parece já existir bem mais sujeira a eliminar do que o Estado teria condições de fazer. Estamos trabalhando horas extras. Isso só poderá ser remediado tão logo tenhamos formado mais auxiliares. Mas o que vai acontecer com as novas denúncias? Não podemos enviar dois terços da população ao trabalho forçado!

– Por que não? – disse Karrek alegre, batendo com os dedos na parede. – A diferença não é muito grande, e o orçamento salarial seria menor. Mas, falando sério, chegaram queixas do chefe do Tesouro, e isso deve estar acontecendo em toda parte. Por óbvias razões financeiras, teremos de fazer uma triagem das denúncias. Ninguém mais será preso se o denunciante não deixar um minucioso relatório das razões de suas suspeitas. Isso já seleciona um pouco. Em seguida, nos dedicaremos apenas a cidadãos-soldados mais proeminentes. Devemos dirigir toda a nossa atenção à segurança do Estado, entende? Cargos subalternos serão investigados a pente fino mais tarde, no futuro, e a vez do furto, do roubo e de crimes privados menores virá por último. Devemos triar, triar, triar, mas isso pouco importa, pois já teremos trabalho suficiente.

Ele recomeçou seu vaivém e explodiu numa gargalhada, um relincho curto e estridente que lhe era característico.

– Não será fácil para ninguém escapar – disse.

Na posição em que estava, a luz da lâmpada refletia em seus olhos. Iluminado por baixo, um rosto parece às vezes aterrorizador, e eu me encontrava em um período muito suscetível da vida. O fato é que meu sangue gelou ao ver o fulgor de seus olhos de jaguar: estavam tão sinistramente próximos e ao mesmo tempo tão distantes, fora de qualquer alcance, contidos em seu próprio frio. Mais para me acalmar, objetei lentamente:

– O senhor evidentemente não está querendo dizer que todos têm a consciência pesada?

– Consciência pesada? Que importa, se têm a consciência leve ou pesada? Podem estar calmos e tranquilos como água no poço, não será fácil para ninguém escapar!

– Escapar da denúncia, o senhor quer dizer?

– Da denúncia e da punição. Entenda... Sente-se, por favor, cidadão-soldado – aproximou-se novamente e inclinou-se sobre mim, e do jeito que meus joelhos tremiam, fiquei feliz por poder afundar na cadeira –, entenda: *se tivermos os conselheiros adequados e o juiz adequado*. Temos conselheiros de muitos lugares, especialistas em muitas questões, e não devemos proferir sentenças idiotas, como você pensa: não vale a pena reeducar um irrecuperável, tampouco o Estado vai se privar da força de trabalho de um imbecil inofensivo com hábitos mentais superados, principalmente nestes dias de natalidade decrescente. Mas como eu dizia, o campo está livre para aquele que sabe o que quer. Tudo acabará se arranjando, se tivermos o juiz adequado.

Confesso que não entendi perfeitamente o que Karrek queria dizer. Mas não queria admitir isso a ele. Assenti e segui seus passos pelo assoalho com o olhar um tanto espantado.

O silêncio da sala tornou a situação embaraçosa. Supus que o chefe de polícia esperava que eu dissesse algo. Suas palavras sobre punições distintas trouxeram-me à memória algo que eu realmente desejava falar.

– Meu chefe, aconteceu algo um dia desses que me espantou. Há alguns dias foi submetido à kallocaína um homem, um conspirador, que pertencia a uma perigosa seita de lunáticos. Ele espalhou não apenas boatos geográficos de natureza claramente nociva, como também uma lenda abominável segundo a qual os seres do outro lado das fronteiras teriam uma origem comum a certas povoações fronteiriças do nosso Estado. Entoavam canções antissociais, além disso. Foi condenado a trabalhos forçados. Eu me pergunto: essa punição foi adequada nesse caso específico? O caso está encerrado e não critico o veredicto. Mas foi algo racional, bem pensado? Como é fácil imaginar, durante o seu período de trabalhos forçados, um prisioneiro tem contato com uma porção de pessoas, tanto com os guardas como com os demais prisioneiros. Alguns estão na prisão por um curto período, outros por período maior, em todo caso, com o passar do tempo muitos vão sendo libertados. Não deveríamos pensar no contágio a que estão expostos em contato com prisioneiros dessa espécie? Ele talvez não fale muito no assunto, é verdade. Mas eu descobri algo, e, por favor, meu chefe, não ria de mim, mas observei que de muitos emana uma impressão tão forte de suas filosofias de vida que podem ser perigosos mesmo quando calados. Um olhar, um movimento dessa espécie de gente já é veneno e contaminação. Pergunto então: é justo que tal indivíduo viva? Mesmo que possa ser aproveitado em um trabalho útil, e mesmo que nossa população esteja em decréscimo, não é de se crer que ele prejudica o Estado com seu próprio hálito mais do que o serve com seu trabalho?

Karrek não riu. Ouvia atentamente e não demonstrava espanto algum. Quando acabei, o brilho de um sorriso malicioso espalhou-se em seu rosto. Interrompeu seus passos e afundou na cadeira a minha frente. Ali estava sentado, com um salto armado em sua imobilidade tensa.

– Você não precisa fazer tantos circunlóquios, digno cidadão-soldado – disse baixinho e lentamente. – Ninguém melhor do que eu para lamentar este sombrio fato que você aponta: que uma grande quantidade de cidadãos-soldados recebeu um valor totalmente imerecido apenas porque a curva de natalidade não sobe o suficiente para elevar nossa prestação no leito conjugal a um grau satisfatório. Mas o que se vai fazer? Temos de admitir a necessidade coletiva e principal. Mas atrás do coletivo e principal está o caso particular. Quem é que você deseja ver condenado à morte?

Tive vontade de desaparecer chão adentro. Seu cinismo me apavorava. Evidentemente não era de Rissen que eu falava, mas em geral. O que pensaria ele de mim?

– Você me fez um grande favor ao convencer Lavris – continuou. – Serviço por serviço. Assim podemos saber com que pessoas contamos como amigos. Você tem um certo tipo de inteligência, seja qual for, totalmente diferente da minha. – Aqui ele relinchou novamente. – Por isso podemos ser úteis um ao outro. Você pode responder tranquilamente: quem é que você deseja ver condenado à morte?

Eu não conseguia responder. Até aqui meus desejos tinham sido apenas desejos, irreais e suspensos no ar. Senti que precisava reconsiderá-los à luz do dia, antes de agir.

– Não, não – respondi –, minhas considerações realmente partem de princípios. Tenho experiência de tais portadores da peste.

Consegui me conter. Havia falado demais? Ele continuou sentado, imóvel por alguns segundos, e eu me contorcia sob seus olhos verdes. Ele então se levantou e voltou a bater na parede com os dedos.

– Você não quer. Você tem medo de mim. Nada tenho contra isso. Mas ainda farei o que puder por você. Quando deixar sua denúncia, ou denúncias, não sei, tenha-as bem justificadas, lembre-se disso; daqui por diante, essa será a primeira das condições, e não sou eu que faço a triagem. Ponha este sinal num canto. – Desenhou-o em um papel e me mostrou. – E então farei o que estiver ao meu alcance. Como eu dizia, nada é difícil se contamos com o juiz adequado, e isso pode ser providenciado. O juiz adequado e os conselheiros adequados. Não vou deixar você na mão, e você ainda poderá receber muitos favores de mim, embora tenha medo.

14

Meu sono, que nunca havia sido dos melhores, ultimamente era péssimo. Minha quota de soníferos sempre acabava já na metade do mês, e o que Linda não precisava da sua eu consumia até a última gota. Não queria procurar um médico. Temia receber o carimbo "constituição nervosa" em minha ficha secreta. Isso não seria nada interessante, pois não concordava com tal anotação. Ninguém podia ser mais normal que eu. Minha insônia era natural e explicável, eu me julgaria anormal e doentio se tivesse dormido bem durante tais circunstâncias...

Meus pesadelos, entretanto, indicavam que eu não desejava ser examinado com minha própria kallocaína. Às vezes acordava suando frio após visões terríveis, em que eu era acusado e esperava minha dose e a vergonha imensa que se seguiria. Rissen, Karrek e um ou outro participante do curso surgiam como elementos de terror em meus sonhos, mas principalmente Linda. Ela era sempre minha denunciante, ou minha juíza, ou aquela que se curvava sobre mim com a injeção de kallocaína. No início, era com alívio que eu despertava e via a Linda real de carne e osso ao meu lado na cama, mas logo foi como se as visões noturnas começassem a invadir a realidade desperta, e o alívio tornou-se cada vez menor, e a real, indubitável e desperta Linda encarnava cada vez mais o espírito supremo da maldade.

Um dia estive perto de contar a ela minha tortura noturna, mas me contive no último minuto, ante a lembrança de seu olhar gélido no sonho. Acabei ficando feliz por nada ter dito. A suspeita de que minha esposa estava em segredo com Rissen não diminuíra. Se Linda soubesse o que eu pensava dela, poderia se tornar minha inimiga, e como ela era forte, seria uma inimiga implacável. Talvez já fosse minha inimiga e apenas esperasse o momento exato de golpear. Não, estaria arruinado se lhe dissesse qualquer coisa sobre o assunto.

Quero contar um outro sonho, que em verdade não pode ser situado entre os pesadelos comuns. Um sonho sobre a Cidade Deserta.

Eu estava no início de uma rua e sabia que precisava percorrê-la – não sabia o motivo, mas pressentia, angustiado, que meu futuro dependia daquilo. As casas de ambos os lados estavam em ruínas, alguns escombros eram altos como pequenas colinas, outros soterrados e semicobertos com areia e ferragens. Trepadeiras haviam fixado raízes em lugares isolados e galgavam com esforço os restos de paredes, mas em meio a elas apareciam longos espaços frios e sem vida sob um sol ardente de meio-dia. Pareceu-me vislumbrar que aqui e ali, nos espaços mortos, as pedras transpiravam uma leve fumaça amarela. Em outros lugares, a luz se quebrava na areia em névoas azuladas que me deixavam assustado. Avancei num passo hesitante entre as emanações venenosas, quando uma brisa trouxe uma nuvenzinha destacada da fumaça amarelada a minha frente. A nuvenzinha se espalhou em suaves redemoinhos e tive que dar um passo atrás para que não me atingisse. Ao longe vi que as névoas azuladas começavam a se transformar em uma chama de pouco brilho e quase inundavam a rua. Fiquei nervoso ao pensar que alguma explosão atrás de mim poderia bloquear o caminho de retorno, mas não havia sinal de algo assim. Dei mais um passo à frente. Nada aconteceu. Outro. Ouvi então uma detonação seca às minhas costas, e ao virar a cabeça notei que a pedra em que há pouco tropeçara se transformava. Começou a amolecer por dentro, tornou-se porosa e virou poeira em um segundo. Enquanto isso, sentia um odor leve e desagradável. Eu não conseguia me decidir nem a continuar, nem a ficar parado, nem a voltar.

Ouvi então sons misteriosos de vozes mais adiante. Lá estava aberta a porta semidestruída de um porão, revestida por trepadeiras verdes em ambos os lados. Não a havia observado antes, e, em minha angústia, suava frio ao notar o verde viver sua vida tão próximo a mim. Alguém subia os degraus rachados e gastos de pedra, emergindo na luz e acenando para eu entrar. Não lembro mais como cheguei até a porta, talvez tenha pulado como um animal sobre as pedras perigosas. Seja como for, entrei em uma câmara sem teto, em ruínas, onde penetrava o sol, e grama e flores pairavam sobre a minha cabeça. Jamais um aposento com teto e paredes destruídos me parecera um refúgio tão seguro. Do tapete de grama emanava um odor de sol e terra, e cálida despreocupação, então percebi que as vozes, embora distantes, cantavam. A mulher que me acenara antes estava lá e nos abraçamos. Eu estava salvo e queria dormir de cansaço e alívio. Tornara-se totalmente desnecessário que continuasse a percorrer a rua. Ela disse: "Você fica comigo." "Fico, deixe que eu fique!", respondi, sentindo-me livre de todas as preocupações, como uma criança. Quando me inclinei para ver o que molhava meus pés, percebi que do chão de terra brotava uma fonte clara, e isso me inundou de uma indescritível gratidão. "Não sabe que daqui emerge a vida?", perguntou a mulher. Ao mesmo tempo, eu estava ciente de que isso não passava de um sonho do qual despertaria, e busquei uma forma de guardá-lo – tão furiosamente que o coração começou a pulsar com violência e acordei.

Este sonho, lindo como era, talvez pudesse ser considerado ainda mais grave que um pesadelo, e eu não queria contá-lo nem para Linda nem para qualquer outro. Não porque Linda tivesse ciúmes da mulher do meu sonho (ela tinha certos traços daquela prisioneira com voz profunda, de quem já falei muitas vezes, mas tinha os olhos de minha esposa), mas por ser isso uma resposta óbvia à pergunta de Rissen: "Você está seguro de que não sente inveja da cidade deserta infestada de gases?" A sugestão de Rissen me havia penetrado tão profundamente que inclusive minha vida onírica estava sob sua influência. De que me servia me defender de mim mesmo quando devia me defender de Rissen? Tal defesa não comoveria juiz algum no mundo.

Sonhei isso antes de ter sido chamado por Karrek, antes também da promulgação da nova lei, quando eu tinha outros problemas a resolver que não uma indefinida vingança futura.

Ao voltar do encontro com Karrek e saber que já amanhã poderia pôr em ação meus ímpetos de vingança, fiquei em um estado de espírito abominável e revoltado. O objetivo, que antes parecia tão distante, estava agora ao meu alcance, mas todos os detalhes a serem observados pareciam subitamente intransponíveis. Se Linda realmente amava Rissen, não acabaria descobrindo de uma forma ou de outra quem o denunciara? Como se comportaria, não sei, mas eu estava perfeitamente seguro de que teria êxito. Ela teria êxito, e se vingaria. Eu tremia ante sua vingança. Não importa o que acontecesse, eu não queria ser submetido a minha própria kallocaína.

Naquela noite não dormi quase nada.

Na manhã seguinte, o jornal trazia um artigo com a rubrica: PENSAMENTOS PODEM SER CONDENADOS.

Era um apanhado da nova lei, com uma menção a minha kallocaína, que a tornara possível. Nada podia ser mais sensato do que as novas decisões penais: daqui por diante, não se poderia mais seguir rígidos e fixos parágrafos que prescreviam a mesma pena tanto para o reincidente como para o principiante, desde que presos pela mesma ação. O próprio cidadão-soldado seria o centro do procedimento legal, não suas ações isoladas. Seu caráter seria examinado e registrado, não em função da antiga pergunta sem sentido, "capaz ou incapaz", mas para separar material útil de inútil. A pena não mais consistiria em um certo número de anos mecanicamente divididos, mas seria elaborada por cálculos meticulosos de psicólogos e economistas eminentes, que decidiriam sua conveniência. Um farrapo físico e espiritual que jamais beneficiaria o Estado não devia esperar continuar vivendo apenas porque não conseguira fazer nenhum dano.

Por outro lado, tinha-se de considerar o decréscimo de população e, no pior dos casos, conservar material não muito desejável, que poderia ser utilizado como força de trabalho. A nova lei contra ideias subversivas entrava em vigor naquele mesmo dia, mas ao mesmo tempo salientava-se que todas as denúncias deveriam ser justificadas e, além disso, assinadas com o nome do denunciante. Não mais seriam anônimas, como antes, para impedir uma inundação de denúncias sem muita relevância e a consequente despesa estatal desnecessária com kallocaína e funcionários da Justiça. Em todo caso, a polícia se reservava o direito de levar ou não em consideração as denúncias que julgava oportunas.

Karrek nada me havia dito sobre isso de assinar o nome. Seria então bem mais fácil para Linda, se quisesse farejar o nome do denunciante de Rissen.

O dia transcorreu sem incidentes no trabalho, mas não posso dizer que em paz e tranquilidade. Não troquei palavra alguma com Rissen durante o almoço. Mal ousava olhar para ele. Tinha uma impressão terrível de que ele conhecia meus pensamentos e intenções e a qualquer momento poderia me abater com um golpe. Ao mesmo tempo, eu não ousava tomar a iniciativa, pois não confiava em Linda. O adiamento de cada hora era perigoso, mas eu tinha de correr esse risco.

Quando mais tarde cheguei em casa, foi como se o suplício do almoço se repetisse. A mesma dificuldade para encontrar os olhos de Linda como antes os de Rissen, a mesma sensação de que ela sabia de tudo, a mesma inimizade que carregava o ar entre nós. Os segundos se arrastavam e parecia que a empregada jamais sairia nem as crianças dormiriam. Quando fiquei a sós com Linda, para evitar a escuta liguei o rádio a todo volume e nos sentamos de modo que o alto-falante ficasse entre nós e o ouvido da polícia.

Não lembro mais sobre o que falávamos, eu estava por demais tomado por minha intranquilidade para prestar atenção. Linda não indicava por sinal algum o que pensava do que falávamos nem do meu esforço por tentar colocá-la exatamente naquela cadeira – mas provavelmente imaginava o que estava por vir, e escutava tão pouco quanto eu. Quando aproximei minha cadeira para bem perto dela, Linda olhou para mim desconfiada.

– Linda! Preciso te perguntar algo.

– Pode perguntar – disse ela, sem demonstrar surpresa alguma.

Eu sempre soubera que seu domínio era total. Como também sabia que, se alguma vez nós dois tivéssemos de abrir o jogo e nos lançarmos numa luta de vida ou morte, ela seria o mais terrível dos adversários. Seria por esse motivo que eu simplesmente não conseguia abandoná-la? Tinha medo do que aconteceria depois? Em meu próprio amor existia um grande medo, eu sabia disso perfeitamente, e o sabia desde há muito. Mas nele também existia um sonho de segurança sem limites, um sonho de que meu amor obstinado um dia a forçaria a ser minha aliada. Como isso aconteceria, ou como eu saberia que acontecera, eu não tinha ideia – era um sonho tão indefinido e tão distante da realidade como o sonho de uma vida após a morte. O que eu sabia era que, no momento seguinte, poderia dilapidar esta segurança sonhada. De aliados incertos podíamos em um minuto tornarmo-nos inimigos ferozes, inclusive sem que eu o soubesse, sem que um gesto em seu rosto ou tremor em sua voz a traísse. Mesmo assim, eu tinha de continuar.

– Pergunto isso, naturalmente, por motivos apenas formais – continuei, tentando sorrir. – Estou pessoalmente certo de sua resposta, jamais acreditaria em algo semelhante, e se isso fosse afinal verdade, para mim não teria importância alguma. Suponho que me conhece bem, e que te conheço da mesma forma.

Enxuguei minha testa com o lenço.

– Sim? – disse Linda, olhando interrogativamente para mim. Seus olhos imensos pareciam faróis, tão exposto me senti quando ela os fixou em mim.

– Bem, é apenas isto – disse eu, e sorri com certo amargor. – Você teve alguma relação amorosa com Rissen?

– Não.

– Mas você não o ama?

– Não, Leo, não o amo.

Mais longe não fomos. Tivesse ela dito sim, eu acreditaria imediatamente, suponho. Mas como negara, não ousava acreditar nela por um segundo. De que me servira perguntar? Ela notava que eu mentira, ela percebera que sua resposta me preocupava obsessivamente. Amanhã ou depois de amanhã ela entenderia por que eu perguntara aquilo, talvez ela até já o soubesse agora, talvez Rissen já a tivesse alertado do perigo que o ameaçava. Meu coração quase parou quando me pareceu perceber um movimento, fraco, mal perceptível, uma espécie de inquietude da própria pele – mas mesmo assim um sinal. Eu acreditaria mais nesse sinal do que em todas as palavras dela.

– Você não acredita em mim? – perguntou, séria.

– Claro que acredito em você – respondi em tom exagerado. Como se ela também acreditasse em mim! Se eu conseguisse passar a ela alguma segurança, pelo menos o ruim não se tornaria pior. Mas senti que ela não se deixaria enganar.

Não pudemos ir além disso. Essa conversa exigira tanta superação de mim mesmo que me esgotara – e, no entanto, nada fora ganho. Nunca sentira esse abismo faminto, tão real e tão intransponível. Meu domínio não foi suficiente para preencher o resto do tempo com piadas e futilidades, embora se tratasse de apenas uma hora, pois ambos tínhamos serviço noturno. Linda também ficou calada, e entre nós permaneceu uma inquietude silenciosa, que corroía os ossos até a medula.

Por fim, a hora passou.

Voltamos esgotados tarde da noite. Linda dormia; eu ouvia sua respiração regular, enquanto continuava acordado. De quando em quando mergulhava numa semivigília, da qual pulava sempre sobressaltado com um agudo pressentimento de perigo. Talvez fosse imaginação, o quarto estava tranquilo e Linda dormia tão profundamente quanto antes. Mas eu estava à beira do desespero. Ninguém ainda pensou de fato no risco de dormir lado a lado com um outro, dois seres solitários na longa noite, sem outras testemunhas além do olho e do ouvido da polícia – que, ademais, nenhuma segurança davam: primeiro porque não permaneciam sempre ativos, e segundo porque certamente podiam controlar e vigiar, mas não impedir o que acontecia. Dois seres sós, noite após noite, ano após ano, e talvez ambos se odeiem. Se um desperta, o que não poderia fazer ao outro... Se Linda estivesse sob efeito da kallocaína...

A ideia tomou conta de mim como uma onda engole um destroço de barco. Não tinha mais escolha, precisava continuar o que iniciara, agiria em autodefesa, para salvar minha vida. Precisava de alguma forma dar um jeito. Com algum pretexto qualquer eu poderia subtrair a pequena quantidade de kallocaína necessária. Linda seria forçada a entregar seus segredos, a qualquer preço.

Ela estaria então sob meu poder como eu jamais estivera sob o seu. Ela jamais ousaria ferir-me. Eu poderia prosseguir e denunciar Rissen.

Seria então livre.

15

Não dormi muito aquela noite, mas quando me dirigi ao trabalho, havia sacudido de mim a angústia e a indecisão que me pesavam nos dias anteriores. Estava pronto para agir; isso por si só já era uma libertação.

Nada mais simples que arranjar kallocaína suficiente para uma dose. Pequenas porções sempre se perdiam durante as aplicações, e o controle era mínimo, principalmente agora, que a pressa atrapalhava a boa marcha dos trabalhos. E mais: quem fazia a pesagem era Rissen. Se não lhe ocorresse o infeliz capricho de hoje ou amanhã se lançar sobre mim com um controle de peso, nunca mais teria oportunidade. Seus auxiliares e eventuais testemunhas certamente não pensariam, em meio à confusão geral, em tal detalhe. Ao amanhecer do dia seguinte, eu já teria certeza. Precisava confiar em minha boa sorte e na pressa de meu chefe.

Cheguei em casa com uma seringa no bolso e um pequeno frasco cheio de um inocente líquido esverdeado. A libertação dos primeiros passos para a ação me dava novas forças, e inclusive conversei e brinquei com a empregada e as crianças durante o jantar. Apenas acenei para Linda, desta vez sem recuar diante de seus olhos. Eles eram como faróis, mas não tão devastadores como os que eu escondia no bolso.

Era dia de serviço noturno e fomos tarde para a cama.

Fiquei bastante tempo quieto esperando que ela dormisse. Quando finalmente estava seguro, levantei discretamente sob o brilho da pequena lâmpada noturna e cobri o olho da polícia. Contra o ouvido pus uma almofada, com o mesmo desembaraço com que vira Karrek fazer. Naturalmente isso era proibido, mas eu me encontrava nos limites do desespero, e não importa o que acontecesse, não queria que a polícia vigiasse minhas atividades.

Linda, deitada sob a iluminação difusa, estava bela como eu jamais a vira. Com seu braço dourado e nu, havia puxado o cobertor até o queixo, como se tentasse esconder-se. Voltara a cabeça para o outro lado, de modo que seu perfil regular se desenhava claramente contra as sombras da almofada. A pele luzia como um veludo vivo contra suas pesadas sobrancelhas pretas e cílios. O arco tenso e vermelho relaxara no sono até tornar-se uma doce e cansada boca de menina. Jamais a vira tão jovem quando desperta, nem mesmo quando nos conhecemos, nem tão comovente. Eu, que geralmente a temia por ser tão forte, fui quase atacado de compaixão ante sua fraqueza infantil e vulnerável. Desta Linda, que dormia à minha frente, gostaria de me aproximar de outra forma, terna e delicadamente, como se fosse a primeira vez que nos encontrávamos. Mas eu sabia que, se a acordasse, o arco vermelho se contrairia e os olhos se tornariam faróis novamente. Ela se ergueria totalmente desperta na cama, e com cenhos franzidos descobriria o tapete e a almofada na parede. E se eu ainda quisesse me aproximar, se oferecesse a ela amor para dissimular minha desconfiança, serviria de algo? Um segundo de ilusão de afinidade, uma embriaguez que não mais existiria amanhã – e eu nem mesmo saberia o que ela sentia por Rissen.

Comecei atando um lenço na boca de Linda, para que não gritasse em meio à luta. Naturalmente ela despertou e tentou se libertar, mas como eu era bem mais forte, tinha todas as vantagens a meu favor. Não foi difícil mantê-la imóvel enquanto atava seus pés e mãos para que não me escapasse. Eu necessitava ter as duas mãos livres.

Ela enrijeceu-se quando apliquei a droga, e depois ficou imóvel. Percebera ser inútil qualquer resistência.

Contei oito minutos como tempo necessário para que o líquido atuasse. Quando passaram, desatei o lenço. Notei em seu rosto que a droga a dominara. Ela voltou a ter o mesmo rosto de criança que tinha durante o sono.

– Eu sei o que está fazendo – disse ela gravemente, e sua voz tinha nuanças da mesma infantilidade de seu rosto. – Quer saber alguma coisa. O quê? Existem muitas coisas que você deve saber. Tenho muito a dizer. Nem sei por onde começar. Eu queria fazer isso, não precisava me forçar. Mas talvez eu jamais conseguisse a não ser desta forma. Foi assim durante todos os nossos anos. Existe algo que quero dizer ou fazer, mas não sei o que é. Talvez uma porção de futilidades, gentilezas, agrados e carinhos, e quando esses são impossíveis, impossível também é o maior e mais importante. Só sei uma coisa, isto eu sei: eu queria matar você. Se tivesse a certeza de jamais ser descoberta, eu teria matado você. Mas também pouco me importa ser descoberta, ainda quero fazer isso. É melhor do que continuar assim. Odeio você por não ter me salvado disso, já teria matado você se não tivesse medo. Agora eu ouso. Não enquanto puder falar com você. Nunca pude falar com você. Você tem medo, eu tenho medo, todos têm medo. Só, totalmente só, nem mesmo alegremente só como quando se é jovem. Isso é horrível. Nunca pude falar com você sobre as crianças, não pude contar sobre a minha tristeza pela partida de Ossu, e o medo que tive no dia em que Maryl e Laila saíram. Eu pensava que você me desprezaria. Pode me desprezar agora, não me importo mais. Muitas vezes desejo voltar a ser menina novamente, ser infeliz no amor em vez de amada. Não compreende que é invejável ser menina e infeliz no amor, embora não se entenda isso na época? Quando se é menina, imaginamos que existe algo mais, uma libertação que virá com o amor, uma espécie de refúgio naquele que amamos, uma espécie de calor e repouso, que não existe. Infeliz no amor, a gente vive e sofre intensamente o desespero porque só *eu* não tive a grande felicidade exatamente com *você*, e acreditamos que os outros talvez tenham tido, que ela existe, que existe para que a tenhamos um dia. E você deve saber que quando existe tanta alegria no mundo e quando toda sede tem um propósito, nem mesmo ser infeliz é desesperador. Mas ser feliz no amor nos leva ao vazio. Não existe mais objetivo, existe apenas solidão, e por que existiria algo mais, por que existiria um sentido para nós, indivíduos? Gostei muito de você, Leo, e você acha que não. Acho que agora poderia matar você com tranquilidade.

– E Rissen? O que acha de Rissen? – perguntei aflito, temendo que os preciosos minutos corressem sem que eu soubesse o que desejava saber.

– Rissen – repetiu pensativa. – Sim, Rissen... Rissen tinha algo especial. O quê? Ele não era tão distante como os outros. Não assustava ninguém, ele próprio não tinha medo.

– Você o amava? Ainda o ama?

– Rissen? Se eu o amava? Não, não, não. Se ao menos eu pudesse! Ele era diferente dos outros. Próximo. Calmo. Tranquilo. Diferente de você, Leo, e diferente de mim. Fosse um de nós como ele... Ou os dois, os dois, Leo... Teria sido você. Por isso quero matar você, para me libertar, pois jamais será um outro que não você, tampouco será você.

Ela começou a ficar agitada e piscar muito. Eu não ousara apanhar mais kallocaína que para uma dose, seria muito perigoso. E agora não sabia o que perguntar a minha esposa.

– Como pode ser tudo assim? – sussurrou angustiada. – Como pode ser tudo assim, por que buscamos o que não existe? Estamos mortalmente doentes, quando somos completamente sãos, quando tudo é como...

A voz dela se transformou em um murmúrio, e pela cor esverdeada de suas faces vi que ela estava por despertar. Apoiei a nuca dela para que levantasse um pouco a cabeça e levei-lhe um copo de água aos lábios. Ela continuava amarrada e nem notara isso durante a anestesia. Soltei Linda, embora com certo receio de seu comportamento, agora que estava livre. O tempo todo eu esperava por esse momento, com um misto de angústia e triunfo, quando ela seria acometida de remorso e vergonha pela abertura involuntária de seu coração. Notei que minha mão tremia, a ponto de não conseguir manter a cabeça dela no lugar. Deixei que se recostasse no travesseiro e olhei para seus traços relaxados fixa e ansiosamente.

Mas a reação que eu esperava pareceu não ocorrer. Quando ela abriu novamente os olhos, estavam pensativos, mas abertos e tranquilos como sempre, e encontraram os meus sem desviar. A boca dela me assustava. O arco vermelho não se distendia como de hábito, permanecia relaxado em repouso, dando ao rosto a mesma expressão infantil que durante o sono e a embriaguez. Eu não sabia que podia existir algo tão aterrorizante em uma falta de controle. Os lábios se moviam perceptivelmente, como se ela repetisse palavras para si mesma. Eu nada tinha a lhe dizer, nem queria interrompê-la. Sentei na cama e fiquei encarando-a.

Por fim, ela adormeceu enquanto eu a vigiava. Dormiu, eu me despi e tentei também dormir, mas não consegui. Um arrependimento e uma vergonha surda me inundavam. Sentia como se o interrogado desmascarado fosse eu, não minha esposa. Tivera sempre claro para mim que, não importaria o que ela dissesse, Linda ainda continuaria sob meu poder, mas de uma forma diferente. Quando despertasse, ela já teria revelado segredos que não deviam ter sido confessados, com os quais eu poderia ameaçá-la se dirigisse um único passo hostil contra mim. Talvez ela tivesse feito isso, não sei. Sua ameaça de me matar – eu ouvira isso muitas vezes durante o meu trabalho e sabia que dificilmente eram executadas – talvez fosse perigosa para ela, por que não? Era possível que ela estivesse em minhas mãos, era possível que tudo tivesse corrido conforme meus cálculos.

Exceto em um ponto: eu jamais poderia utilizar tal trunfo. Tudo que ela dissera fora sobre mim mesmo. Eu estava doente, dilacerado até as entranhas, enquanto ela se mantivera como um espelho diante de mim. Eu não havia adivinhado que ela, com seus lábios tensos, com seu silêncio e com seus olhos penetrantes, era da mesma têmpera frágil que eu. Como poderia eu ameaçá-la, como poderia forçá-la em tais circunstâncias?

Após um curto sono, acordei algumas horas adiantado. Linda dormia. Os acontecimentos da noite estavam nítidos em minha mente no exato momento em que acordei, mas me restava ainda uma preocupação torturante sobre algo a ser feito. No momento seguinte eu sabia: Rissen. Hoje.

Tive vontade de adiar tudo novamente, mas não existia razão alguma para a minha inércia. O problema de ontem não era o mesmo de hoje? Rissen continuava o mesmo. Jamais fora por ser meu eventual rival que senti que precisava me livrar dele. Minha repulsa era mais profunda. Mas parecia menos exigente hoje. Porém se não o fizesse agora, desprezaria a mim mesmo. E agora, por pura sorte, dispunha de tempo livre para formular minha denúncia antes que Linda acordasse, e uma coisa pelo menos os acontecimentos da noite haviam revelado: eu sabia que ela não estava do lado de Rissen, mas do meu.

Sob o fraco brilho da lâmpada, escrevi um esboço da denúncia. A motivação genérica era algo fácil, tantas vezes eu a formulara em meus pensamentos. Repeti solene e convincentemente tudo o que dissera a Karrek. Ainda dispunha de bastante tempo, e, sentado na cama, escrevi a própria denúncia, que mereceu ser feita com caneta-tinteiro, o papel apoiado em uma revista de química. Subscrevi sem hesitações meu nome e endereço, já que assim devia ser, e pus no envelope o endereço da polícia. Levei quase uma hora lendo e relendo o que havia escrito e ruminando novas indecisões e dúvidas. Só quando o despertador do vizinho tocou lembrei que quase não dispunha de mais tempo, e pus o sinal secreto de Karrek em um canto, como já o fizera diversas vezes em fantasia; coloquei a denúncia no envelope e o escondi na revista.

Linda despertou com um toque de nosso relógio. Olhamos um para o outro como se a noite tivesse sido um sonho. Antes, eu imaginara uma manhã completamente diferente, na qual eu era vencedor e juiz e impunha as condições do vitorioso a uma Linda desmascarada e arrasada, que devia submeter-se à minha mercê. Mas não foi assim.

Apenas nos levantamos, trocamos de roupa, comemos em silêncio, tomamos o elevador juntos e nos separamos diante da estação de metrô. Quando me voltei para ver se ela já se fora, vi que ela também se voltara – e acenava com a cabeça. Tive um sobressalto. Pretenderia ela talvez inspirar minha confiança para depois se vingar? Por alguma razão qualquer, isso não me parecia viável. Assim que Linda desceu a escada do metrô, postei a carta.

Extraordinário, este pequeno sinal no canto do envelope. Eu conhecia Karrek o suficiente para saber que ele faria Rissen sumir da face da Terra. Na rua, em meio ao formigar de cidadãos-soldados que se apresentavam para a ginástica matutina e o trabalho, parei subitamente um instante, tomado por uma incrível consciência de poder. Podia repetir minha manobra quantas vezes quisesse. Enquanto não colidisse com os próprios interesses de Karrek, ele prazerosamente sacrificaria para mim algumas dúzias de vidas pelo serviço que eu lhe prestara. Eu tinha poder.

Já falei antes sobre a escada que vejo como símbolo da vida. Um símbolo bastante inocente, embora ridículo: a imagem da caminhada de classe a classe de um aluno obediente, a correta promoção de graus de um servidor. Com uma sensação nauseante, senti subitamente estar no topo da escada. Não que me faltasse imaginação para pensar em mais altos graus de poder do que estar nas boas graças do chefe de polícia da Cidade Química nº 4. Para isso eu tinha imaginação, dispunha de material para construir, se quisesse atingir maiores alturas e panoramas: a carreira militar, ministérios da capital – Tuareg, Lavris. Mas esta diminuta porção de poder que via diante de mim já bastava como símbolo de todo o resto. E me deixava enjoado.

Era perfeitamente correto, perfeitamente desejável que um animal nocivo como Rissen fosse exterminado. Mas não! Eu lutava com a dúvida de que pudesse ir longe demais com tal guerra de extermínio. Por alguns dias, me pareceu simples: matavam Rissen e ele não mais existiria, nem mesmo o Rissen que existia dentro de mim, que fora inoculado pelo outro, o vivo. Morto Rissen, eu seria novamente um autêntico cidadão-soldado, uma célula feliz, sadia, do organismo estatal. Mas desde então, aconteceu algo que me deixou inseguro: os acontecimentos da noite anterior, meu fracasso com Linda.

Que fora um *fracasso*, eu não podia esconder de mim mesmo. Verdade que conseguira saber o que desejava, que ela não era um obstáculo à minha decisão quanto a Rissen. Verdade que no fundo eu não tinha medo de sua vingança, pois ela, tudo bem pesado, estava tão indissolúvel e desesperadamente ligada a mim quanto eu a ela. Verdade que eu a tinha sob o meu poder, que eu estava em posse dos segredos que ela não queria ter revelado. Tudo verdade. Não fora pois um fracasso completo, se apenas pensasse no objetivo limitado e idiota a que me propus. No entanto, por outro e mais importante lado, fora um fracasso total, abominável.

Suas palavras sobre o invejável amor infeliz pareciam romantismo de adolescente, embora contivessem uma certa verdade, que muito bem se adequava à minha própria atitude em relação a Linda. Meu casamento era de certa forma um amor infeliz; evidentemente correspondido, mas mesmo assim infeliz. Em um rosto sério, em uma boca vermelha contraída, em dois olhos bem abertos, eu sonhara um mundo cheio de mistérios, que saciaria a minha sede, apaziguaria a minha intranquilidade, traria-me uma segurança definitiva, se eu apenas soubesse como chegar a ele. E agora, agora que com força eu penetrara tão profundamente quanto era possível, arrancara o que ela não queria me entregar, mesmo assim persistia minha sede. Minha intranquilidade e insegurança eram maiores do que nunca. Se existia alguma contrapartida para o mundo por mim sonhado, era inacessível, apesar de todos os meus esforços. E eu estava, como Linda, prestes a desejar estar de volta à minha perdida ilusão, quando ainda acreditava que o paraíso atrás do muro seria conquistado.

Que relação tinha isso com minha náusea ante o poder não é fácil explicar, mas eu sentia que essa relação existia. Eu sentia que matar Rissen era desferir um golpe no ar. Assim como eu atingira o que me propusera quanto a Linda, assim como havia descoberto o que queria saber e, no entanto, fracassara tão profundamente que, sem exagero, se poderia falar em desespero, poderia também alcançar o que me propunha quanto a Rissen – uma condenação, uma execução – sem no entanto ter avançado uma polegada em direção ao que eu buscava de verdade.

Pela primeira vez em minha vida senti o que era poder, senti-o em minha mão como uma arma – e estava desesperado.

16

Um burburinho perpassava a Casa de Polícia. Ninguém sabia nada, ninguém dizia nada definitivo, todos ouviam o boato como um sussurro, ao se encontrarem nas escadas e corredores, sem testemunhas à vista: "O próprio Ministro da Polícia... Tuareg... ouviram falar... preso... Apenas um boato... Preso por subversão... Tsss..."

Que pensaria Karrek disso, perguntei-me, ele que estava tão próximo a Tuareg, e que pessoalmente estava tão ansioso por ver a nova lei promulgada? Estava sabendo disso? Não teria sido talvez ele...?

Como nada tinha a ver com os rumores, lancei-me ao trabalho.

Durante o almoço, não mais evitei o olhar de Rissen. Se ele me estudava, seria para prevenir o golpe. De resto, eu estava dominado por um estranho sentimento de que ele não era verdadeiramente real. Que aquele que se sentava à mesa e assoava nítida e sonoramente o nariz era uma espécie de miragem – uma imagem relativamente inofensiva, refletida em um espelho –, de um princípio mau que eu não queria chamar à vida. Eu havia golpeado, e no momento seguinte o golpe atingiria... a imagem. E eu tentava me convencer de que era exatamente a mesma coisa.

A adormecida sensação de sonho só me abandonou na volta para casa. Meus pés se tornaram pesados quando pensei que teria de rever Linda. Tinha uma noite livre à minha frente, e logo estaríamos a sós um com o outro, nós dois, cara a cara. Eu não sabia como suportaria isso.

Chegou o momento. Ela por certo o esperava. Hoje era ela quem ajeitava as cadeiras e mexia no rádio; mas nenhum de nós ouvia o programa, tampouco agora como antes.

Sentamo-nos por muito tempo silenciosos. Eu olhava furtivamente seu rosto, que parecia agir mesmo em sua imobilidade. Linda continuou em silêncio. E se eu tivesse me enganado? E se minhas apreensões pela manhã fossem verdadeiras?

– Você me denunciou? – perguntei com voz grave.

Ela sacudiu a cabeça.

– Mas pretende fazer isso?

– Não, Leo, não, não.

Voltamos ao silêncio, e não existia pergunta que eu pudesse fazer. Eu não sabia como ficar. Por fim, fechei os olhos e me recostei na cadeira, resignado ante algo desconhecido, mas inevitável. Lembrei de um jovem que fora submetido à kallocaína – o que primeiro falou sobre as reuniões secretas da seita de lunáticos. Ele havia dito algo sobre o horror de se calar, em como está indefeso e despido alguém em silêncio, e agora eu o entendia.

– Quero falar com você – disse ela finalmente, com dificuldade. – Você tem de me ouvir. Quer?

– Sim, Linda, eu magoei você.

Ela sorriu, um sorriso vago e trêmulo.

– Você me abriu como se abre uma lata de conserva, pela força. Mas isso não foi o suficiente. Percebi que ou morro de vergonha ou continuo voluntariamente. Posso continuar? Quer um pouco mais de mim, Leo?

Eu não conseguia responder, nem explicar o que acontecia dentro de mim, pois nenhuma parte de meu corpo fazia outra coisa senão ouvir. Tenho por absolutamente certo que até então jamais havia ouvido em minha vida. O que eu antes chamava ouvir era algo diferente. Meus ouvidos então davam conta de sua função, meus pensamentos da sua, minha memória registrava tudo exemplarmente, e no entanto meu interesse estava em outro lugar; onde, não sei. Agora eu nada sabia senão o que ela contava, mergulhava nisso, eu *era* ela.

– Você já sabe algo de mim, Leo. Sabe quanto sonhei em matar você. Hoje, que toda a vergonha e o medo estão distantes, pensei que conseguiria fazê-lo, mas agora vejo que não consigo. Posso apenas ter sonhos desesperados. Mas acho que não é o medo da punição que me impede. Talvez consiga explicar isso mais tarde. É sobre outra coisa que quero falar com você. Quero falar das crianças... e do que descobri com elas. É longo. Nunca ousei falar nada sobre isso. Vou começar pelo começo, com Ossu.

“Lembra quando eu estava grávida de Ossu? Lembra que todo o tempo foi evidente para nós que seria um menino? Não sei se você apenas acompanhava minha fantasia, mas pelo menos disse que também acreditava que seria um menino. Sabe, acho que eu ficaria terrivelmente ofendida se tivesse sido uma menina; sentiria isso como uma injustiça, eu, que era uma grande cidadã-soldado tão leal, que até mesmo morreria alegremente se tivesse sido encontrado um meio que tornasse as mulheres desnecessárias. Isso mesmo, pois eu via as mulheres como um mal necessário, necessário ainda por muito tempo. Claro que sei que oficialmente somos consideradas valiosas ou quase tão valiosas quanto os homens, mas apenas em segunda plano, só porque podemos gerar novos homens, e novas mulheres, evidentemente, que por sua vez gerarão novos homens. E por mais que isso ferisse minha vaidade, pois sempre queremos ter um imenso valor, por mais que isso me ferisse, eu concordava. Mulheres não são tão úteis como os homens, dizia para mim mesma, não têm a mesma força corporal, não levantam os mesmos pesos, não suportam tão bem uma chuva de bombas, seus nervos não têm a mesma eficiência num campo de batalha, são indubitavelmente piores guerreiros, piores cidadãos-soldados que os homens. São apenas um meio de produzir guerreiros. Que elas sejam oficialmente consideradas em tão alto grau é apenas um artifício para que se sintam alegres e receptivas. Talvez chegue um tempo, acho, em que as mulheres sejam supérfluas, em que se possa utilizar seus ovários e jogar o resto no esgoto. Todo o Estado será então constituído por homens, e não serão necessárias despesas com o sustento e a educação das meninas. Às vezes sinto um vazio em saber que somos apenas um depósito, necessário até segunda ordem, embora muito precioso. Pois bem, eu tinha sido honesta a ponto de admitir isso, então não seria uma decepção *excessivamente* grande se pela primeira vez que eu procriasse tivesse dado à luz outro depósito? Mas não foi assim. Ossu felizmente era homem, quase cheguei a ver sentido em mim mesma. Tão leal eu era naquele tempo, Leo.

"Então eu o vi crescer e caminhar, e nesse meio-tempo tive Maryl. Quando acabei o período de amamentação, passei a ver minha filha apenas pela manhã e à noite, antes de ir para o trabalho e ao voltar para casa, mas isso não era tão estranho. Eu sabia com toda a minha convicção que Ossu pertencia ao Estado, que estava sendo educado todos os dias na creche para ser um futuro cidadão-soldado, e que a mesma educação continuaria no acampamento infantil e depois no juvenil. Abstração feita de sua herança genética, que eu sabia ser importante, e em nosso caso tudo estava em ordem, tão longe quanto sabíamos e que de resto tampouco era 'nossa' propriedade, pois provinha de outros cidadãos-soldados que nos precederam. Era evidente para mim que o futuro caráter dele dependeria de seus chefes na creche, nos acampamentos, dos exemplos e regras que norteavam sua educação. Mas não podia deixar de observar em Ossu uma série de pequenos traços curiosos, que eu reconhecia serem seus e meus também. Observei seu modo de torcer o nariz e pensei: Curioso, eu fazia exatamente assim quando era pequena! Dessa forma, eu renascia em meu filho. Era um sentimento de orgulho: nele eu quase ressurgia como homem! Observei o riso dele, que me lembrava muito o seu. Assim eu participava da sua infância. E seu modo de torcer a cabeça, você sabe, e algo na conformação dos olhos... Não era difícil de entender, mas me dava um sentimento criminoso de direito de propriedade. *Bem se vê que ele é nosso*, pensei;

nosso filho, acrescentei com consciência, pois sabia que esse sentimento não era de lealdade. De fato, não o era, mas nem por isso ele deixava de existir. O pior é que o sentimento se tornou cada vez mais intenso por ocasião da minha segunda gravidez. Acho que você lembra que o nascimento de Maryl foi difícil e tomou bastante tempo. Certamente é superstição, mas na ocasião eu já estava convencida, e não conseguia me livrar desse pensamento, que isso acontecia porque eu não queria deixar que ela se afastasse de mim. Quando Ossu nasceu, eu ainda era uma mãe totalmente voltada para o Estado. Quando Maryl nasceu, eu era uma egoísta, uma fêmea avara, que procriava para mim mesma e pensava ter direitos sobre o que gerava. A consciência me dizia que eu estava errada, que tais pensamentos não deviam ser pensados, mas nenhum sentimento de culpa ou vergonha conseguia eliminar essa avareza que crescia em mim. Se tenho tendências autoritárias, elas não são grandes, Leo, você tem de concordar! Mas existem; surgiram depois do nascimento de Maryl. Nos rápidos momentos em que Ossu estava em casa, eu decidia por ele, eu o dominava tanto quanto podia, apenas para sentir que ele ainda era meu. E ele obedecia, pois isso se aprende antes de mais nada nas creches, e eu sabia que tinha direito a isso por enquanto, pois fazia parte da vontade do Estado e da educação dos cidadãos-soldados. Mas era apenas um pretexto. Minha maneira de ser em relação a Ossu não era propriamente uma homenagem ao Estado. Era uma tentativa de exigir todo o meu direito de propriedade que poderia ser exigido durante o pouco tempo que ele estava em casa."

Não parecia efeito da kallocaína, mas era uma confissão sincera.

– Quando Maryl nasceu, até me surpreendi como estava tranquila de que fosse menina, e talvez não apenas tranquila: estava inclusive satisfeita. Ela não pertencia ao Estado, em primeiro lugar, como um menino pertenceria. Ela era mais minha, ela era mais eu, pois eu era mulher. Como descrever o que senti, depois de ter aceitado isso? Você sabe, Maryl é uma criança estranha. Ela não é você, nem mesmo eu. É possível que algum antepassado tenha ressurgido em seu ser, não sei, isso se encontra muito longe no tempo. Ela era simplesmente Maryl. Parece tão simples, mas é misterioso. Ela já via as coisas e fatos de um outro modo quando ainda nem falava. E depois... Depois, você sabe. Você sabe, ela é ela. Notei que minha avara possessão se diluíra. Maryl não era minha. Ficava horas sentada ouvindo como cantava para si mesma, ou lia, ou fazia qualquer outra coisa, fantásticas histórias de sonho, que ela jamais aprendera na creche. Mas onde aprendera, então? Histórias fantásticas não se transmitem geneticamente! Aquelas histórias tinham sua própria melodia, e ela não as havia recebido de nós, nem da creche. Entende por que essa ideia me deixou confusa e aterrorizada? Ela era Maryl. Não se parecia com ninguém. Não era um barro fresco como eu ou você, que o Estado podia modelar como bem entendesse. Não era minha propriedade, nem minha criação. Eu estava fascinada por minha filha de um modo novo, selvagem, estranho. Quando ela estava perto de mim, eu me tornava quieta e atenta. Entendi então que

Ossu também tinha algo distinto em si, embora já tivesse idade suficiente para compreender que era melhor escondê-lo. Arrependi-me de ter sido tão possessiva em relação a ele, e finalmente o deixei em paz. Aquele tempo foi cheio de dúvidas, tensões e vida. Então descobri que uma outra criança estava a caminho. Nada mais natural, mas para mim foi aterrorizante. Que eu estivesse com medo não é a expressão exata. Não temia que algo me acontecesse no parto nem nada assim. Eu estava aterrorizada porque parecia que eu tinha compreendido o incompreensível pela primeira vez. Até então, eu jamais soubera o que era gerar. Não mais me concebi como uma dispendiosa máquina de produção. E não era mais uma proprietária avarenta. Quem era eu, então? Não sei. Alguém que não tinha controle nem mesmo sobre o que acontecia, mas mesmo assim transportada quase ao êxtase, porque isso acontecia dentro de mim. Dentro de mim vivia um ser, e já tinha traços, já tinha características particulares, e eu não podia mudar isso... Eu era um galho que florescia sem ainda saber de minha raiz ou caule, mas sentia a seiva brotando de profundezas desconhecidas...

Linda fez uma pausa e mudou para um tom meditativo.

– Falei tanto, e mesmo assim não sei se me entende. Quer dizer, se você entende que existe algo abaixo e atrás de nós. Que é criado em nós. Sei que não se deve dizer isso, pois é apenas o Estado que nos possui. Mas mesmo assim eu digo. Não sendo assim, nada tem sentido.

Ela ficou em silêncio. Eu continuava mudo, embora tivesse vontade de gritar. Eis aqui tudo o que eu havia combatido, pensei como em um sonho. Tudo o que eu havia combatido, temido e sonhado.

Ela nada sabia dos lunáticos e de sua cidade deserta, e no entanto cairia sob a lei tão inevitavelmente quanto eles, pois sonhava com uma ligação que não ao Estado. E mais: eu também. Pois já não sentia esta outra ligação, anárquica e inescapável, entre mim e ela?

Eu tremia da cabeça aos pés. Queria dizer: sim, sim! Seria um alívio, como se um homem totalmente exaurido caísse no sono. Eu estava livre de uma ligação que me sufocava e salvo para uma nova, evidente, simples, que enlevava, mas não prendia.

Meus lábios lutavam com palavras que não existiam e não podiam ser ditas. Queria agir, fazer algo, quebrar tudo e construir novamente. Não existia mais mundo algum para mim, lugar algum onde habitar.

Fui até ela, ajoelhado no chão, e deitei a cabeça em seus joelhos.

Não sei se alguma vez alguém já fez isso, ou se alguém o fará novamente um dia. Jamais ouvi falar nisso. Só sei que fui obrigado, e que isso continha tudo o que queria dizer e não podia.

Linda entendeu. Pôs a mão em minha cabeça. E assim ficamos por muito tempo.

17

Tarde da noite pulei da cama e disse:

– Preciso salvar Rissen. Eu denunciei Rissen.

Ela não fez perguntas. Corri até o porteiro, acordei-o e pedi o telefone emprestado. Quando soube que se tratava de uma ligação com o chefe de polícia, não fez objeção alguma.

Impossível falar com Karrek, ele dera ordens estritas para que ninguém o incomodasse durante a noite. Após muitos embaraços e correrias, um vigia sensato finalmente atendeu o telefone e me acalmou, dizendo que nada podia ser decidido durante a noite. Se, por outro lado, eu quisesse encontrar o chefe de polícia pela manhã, uma hora antes do início do trabalho, ele o avisaria e eu poderia ir ao seu encontro para saber se me receberia.

Voltei a Linda.

Ela continuou sem fazer perguntas. Não sei se entendera tudo ou se esperava que eu dissesse algo. Mas eu não podia falar, ainda não. Minha língua sempre fora um instrumento flexível e dócil, mas no momento ela se recusava a fazer seu trabalho. Assim como eu há pouco havia ouvido pela primeira vez em minha vida, eu sabia que se agora quisesse falar, teria de ser de uma forma completamente nova, para a qual eu ainda não estava maduro. Meus ímpetos, que se fariam palavras, jamais haviam formado uma. Mas elas tampouco eram necessárias. Eu havia dito o que precisava; e Linda me entendera, quando deitei a cabeça em seus joelhos. Ficamos calados novamente, mas dessa vez o silêncio era de outra espécie, diferente daquele que antes me torturava. Agora apenas esperávamos, e o mais difícil já havíamos superado.

No meio da noite, sem que nenhum de nós pudesse dormir, Linda disse:

– Acha que existem muitos que sentiram isso? Talvez entre seus interrogados. Preciso me encontrar com eles.

Pensei com inveja na pequena mulher esguia, de quem eu banira as falsas esperanças. Que amarga desconfiança não carregaria agora! Pensei na seita de lunáticos que fingiam dormir entre pessoas armadas. Estariam agora todos na prisão com a nova lei.

Ela voltou a perguntar:

– Acha que existem muitos que experimentaram isso? Que começaram a entender o que é gerar? Outras mães? Ou pais? Ou amantes? Que não ousaram falar do que descobriram, mas que ousariam quando o outro ousou. Eu preciso encontrar com eles.

Pensei na mulher de voz profunda, que falara sobre o orgânico e o organizado. Ela havia escapado da prisão, mas de qualquer forma eu não sabia onde se encontrava.

E mais tarde, bem mais tarde, como de um mar de sono:

– Talvez possa nascer um novo mundo daqueles que são mães, sejam mulheres ou homens, tenham filhos ou não. Mas onde estão?

Levantei em um sobressalto, e totalmente desperto pensei em Rissen, que soubera, tateara e buscara o tempo todo o que existia em mim, e que eu enviara à morte. Com um soluço, apertei-me fortemente a Linda.

18

Uma hora antes do início do trabalho eu estava na Casa de Polícia. Karrek me recebeu.

Percebi a deferência especial que o fizera levantar-se tão cedo para me atender, sem nem saber o que eu desejava. Provavelmente esperava algo completamente diferente do que o que eu lhe trazia, talvez a descoberta de uma rede de espionagem ou algo parecido.

– Eu... Eu pus aquele sinal no... – gaguejei.

– Não conheço sinal algum – disse ele, lenta e friamente. – Que quer dizer, cidadão-soldado Kall?

Entendi que ele se julgava vigiado. Também na Casa de Polícia existiam canais nas paredes, ouvidos e olhos a se considerar, e devia haver certas circunstâncias em que o próprio chefe de polícia precisava de cuidado. Pensei nos boatos sussurrados sobre Tuareg.

– Foi um engano – disse eu (como se agora adiantasse algo!). – Quero dizer... Quero dizer: eu enviei uma denúncia. E gostaria apenas de pedi-la de volta.

Com um ar complacente, mandou buscar um maço de papéis, onde procurou minha denúncia. Com um brilho nos olhos, prolongou minha espera antes de dizer:

– Impossível. Mesmo se o denunciado ainda não tivesse sido preso, e no caso já está, a polícia não poderia deixar de levar em consideração uma acusação tão extraordinariamente bem fundamentada. Sua solicitação não pode ser deferida.

Olhei para ele intensamente, mas não havia expressão alguma em sua fisionomia carregada. Ou ele estava sendo vigiado, e então não ousava demonstrar nenhum sinal de indulgência para com meu pedido, principalmente após minha imprudência inicial. Ou, ainda, eu já havia caído em desgraça. E de que serviria a Karrek um aliado que fracassara?

De qualquer forma, era impossível falar abertamente com Karrek naquelas circunstâncias.

– Nesse caso – disse eu –, queria apenas pedir... que... que... ele pelo menos não fosse condenado à morte.

– Não está em meu âmbito decidir isso – disse Karrek friamente. – A pena depende totalmente do juiz. Posso, aliás, informar que seu caso já foi distribuído a um certo juiz, mas não estou autorizado a dizer qual, pois seria uma ação evidentemente criminosa tentar influenciar um juiz em seu trabalho.

Senti minhas pernas vacilarem e tive de me segurar na escrivaninha para não cair. Karrek nada notou ou fingiu nada notar. Na situação em que estava, pensei: se ele está sendo vigiado e não ousa demonstrar sua antiga amizade, talvez me ajude mais tarde em segredo. Isto aqui é apenas um teatro. Antes eu sempre pudera depositar minhas esperanças naquele homem.

Aprumei-me, vi o sorriso maldoso de Karrek e o ouvi dizer com uma polidez irônica:

– Talvez lhe interesse saber que será o senhor quem ministrará a kallocaína no caso Edo Rissen. O senhor é o mais indicado para isso, pois o ministrador ordinário se encontra pessoalmente submetido à kallocaína. Eu poderia tratar de arranjar algum dos participantes do curso, mas pensei em oferecer essa honra a você.

Suspeitei no princípio que isso não fosse verdade, que Karrek pretendia me forçar a ficar do seu lado, talvez para me repreender energicamente ou talvez apenas para me torturar.

Seja como for, aconteceu como ele dissera. Após o almoço fui chamado ao interrogatório judicial do caso Edo Rissen, e tive de trabalhar da melhor forma possível diante de meus alunos. Minha manhã fora tão caótica que quase estive a ponto de interrompê-la com o pretexto de uma doença. Apesar de tudo, continuei em pé, pois precisava, *queria* estar presente no interrogatório e julgamento de Rissen, não para influenciar o processo – não acreditava que isso fosse possível –, mas para ver e ouvir ainda uma vez o homem que eu tanto temera e julgara odiar tão profundamente.

Na sala de interrogatórios já estava reunida uma considerável quantidade de pessoas. Divisei o militar de alto posto que desempenhava as funções de juiz e os dois secretários que olhavam seus blocos em branco. Ao lado do juiz estavam pessoas em uniforme policial-militar – provavelmente conselheiros especialistas em diferentes matérias, psicólogos, autoridades em ética, economistas e outros –, em frente às quais sentavam-se em semicírculo os participantes do meu curso, como também do curso do próprio Rissen, em uniforme de trabalho. No início vi seus rostos como manchas cor da própria pele, indistintas de seus uniformes. Pensei em observar como reagiam. Fitei com esforço alguns rostos, um após outro, mas eles pareciam máscaras. Abandonei-os, e eles se tornaram indistintos como antes. No mesmo instante, a porta foi aberta e Rissen foi trazido algemado.

Olhou em torno da sala, sem fixar-se especialmente em ninguém, nem mesmo em mim. E por que se fixaria em mim? Ele não sabia que eu o denunciara, tampouco que eu devorava, mergulhado no desespero, todos os seus movimentos e gestos. Uma sombra de esperança me perpassou: talvez não só eu, talvez algum outro dos que ali estavam portasse sob a máscara o mesmo desespero que eu? Talvez muitos?

Quando ele se ajeitou na cadeira, o fez de forma muito casual, como era seu costume. Às vezes quase parecia desaparecer, apesar de seu corpo robusto, talvez porque ele não impunha mais às pessoas do que o faz um objeto, uma árvore, um animal. Ele fechou os olhos e sorriu levemente. Era um sorriso triste e sem esperanças, dirigido a ninguém, como se ele tivesse sido todo o tempo consciente de sua solidão absoluta e se encerrado e até mesmo procurado repouso nela, assim como eu imaginava um viajante polar sonolento buscando repouso no frio, mesmo sabendo que dormiria para sempre. Enquanto a kallocaína agia, seu sorriso desamparado espalhou-se sereno no rosto cheio de rugas. E mesmo que demorasse horas para falar, não se poderia desviar o olhar dele.

Onde estariam antes pousados meus olhos que não viam a dignidade singular deste civil, suave e simples homem, que eu sempre achara ridículo! Uma dignidade totalmente distinta da rígida dignidade militar, precisamente porque consistia em uma completa indiferença ante o que ele fazia. Quando abriu os olhos e começou a falar, tinha-se a impressão de que ele podia muito bem estar ali recostado em qualquer cadeira, olhando as luzes brancas no teto e falando sem uma gota de kallocaína em si, nos mesmos termos que agora, pois o medo e a vergonha, que nos emudeciam, nele haviam sido consumidos pela solidão e pela desesperança. Eu poderia ter pedido para que ele contasse, e ele talvez o fizesse voluntariamente, como Linda, como um presente. Ele teria dito tudo o que eu queria saber, teria falado dos lunáticos e de suas tradições secretas, da Cidade Deserta, sobre si mesmo, como fora impelido ao desconhecido, da mesma forma que Linda – tudo, se eu, em meu medo selvagem, não tivesse escolhido brincar de inimigo, quando descobri que algo proibido em mim respondia ao seu tom com o mesmo timbre e jamais se deixaria silenciar novamente. Ele falaria então muito mais do que neste momento, que o obrigavam a falar, talvez sobre coisas mais importantes, e me tornaria consciente da realidade de mim mesmo, que agora eu jamais descobriria. Não sentia nenhuma compaixão pelo fato de que ele seria condenado e morto, mas estava terrivelmente amargurado por ter me maculado ao denunciá-lo. E eu o escutava tão avidamente como havia escutado Linda, apenas com mais ansiedade.

Queria saber algo dele mesmo. Mas ele nada dizia de pessoal. Perguntas gerais ele respondia até os últimos detalhes.

– Perfeito – disse ele –, perfeito. Cá estou eu. Como devia acontecer. Uma questão de tempo. Para dizer a verdade. Vocês podem ouvir a verdade? Nem todos são suficientemente sinceros para ouvir a verdade, isso é lamentável. Ela poderia ser uma ponte entre cada ser humano, enquanto voluntária, é claro, enquanto é oferecida como um presente e recebida como um presente. Não é estranho que tudo perca seu valor tão logo deixe de ser um presente, inclusive a verdade? Não, isso vocês evidentemente não entendem, pois senão se sentiriam despidos, veriam-se como um esqueleto nu. E quem aguenta ver isso? Ninguém quer ver sua miséria enquanto não é forçado a isso! Forçado não por homens. Forçado por um vazio absoluto e pelo frio, pelo frio glacial que ameaça a todos nós. Vocês falam em comunidade. Em comunhão. E falam um de cada lado de um abismo. Não existirá um ponto, um único ponto ao menos, no longo desenvolvimento das gerações, por onde se pudesse escolher um outro caminho? Precisará o caminho passar sobre o abismo? Nenhum ponto onde se pudesse impedir que o tanque do Poder rolasse em direção ao vazio? Passará sobre a morte algum caminho rumo a uma nova vida? Existirá algum lugar sagrado, onde o destino seja outro?

"Durante anos fiquei me perguntando onde estaria este lugar. Se chegarmos lá, teremos absorvido as fronteiras, ou as fronteiras terão nos absorvido? Surgirão caminhos entre os homens tão facilmente como surgem caminhos entre cidades e distritos? Que surjam logo, então. Surgirão com todos os seus terrores? Ou isso tampouco adianta? Terá o tanque do poder crescido tanto que não permite ser transformado de deus em utensílio? Poderá alguma vez um deus, mesmo sendo o mais morto de todos os deuses, renunciar voluntariamente a seu poder?

Gostaria de acreditar na existência de um abismo verde no ser humano, um mar de seiva intacta, que funda todos os restos mortais em seu colossal reservatório e os purifique e recrie eternamente... Mas eu não vi isso. O que sei é que pais doentes e professores doentes educam crianças ainda mais doentes, até que a doença se torna normal, e a saúde, um pesadelo. De seres solitários nascem outros mais solitários ainda, de temerosos, outros mais temerosos... Onde poderia um último resquício de saúde ter ido se esconder para crescer e perfurar a carapaça? Aqueles pobres homens, que chamamos de lunáticos, brincam com seus símbolos. Algo deve ter existido... Eles pelo menos sabem que havia algo que lhes faltava. Por mais que soubessem o que faziam, restava ainda algo ignoto. Mas isso não conduz a lugar nenhum! Aonde pode conduzir? Se eu fosse até uma estação de metrô, onde as multidões se comprimem, ou até um grande encontro festivo com alto-falantes à minha frente, meus gritos não repercutiriam mais longe que alguns poucos tambores no imenso Estado Mundial, e ecoariam como sons ocos. Sou uma engrenagem. Sou um ser do qual retiraram a vida... E no entanto exatamente agora sei que isso não é verdade. É a kallocaína, é claro, que me torna absurdamente esperançoso... Tudo se torna fácil e claro e calmo. Seja como for, vivo, apesar de tudo que extraíram de mim, e exatamente agora sei que *o que sou leva a algum lugar*. Vi o poder da morte se espalhar sobre o mundo em círculos cada vez mais amplos; mas não terão os poderes da vida também seus círculos, embora eu não pudesse vislumbrá-los?... Sim, sim, eu sei, é a kallocaína que está agindo, mas será por isso que não é verdade o que digo?"

A caminho da sala de interrogatórios, fantasias loucas me confundiam o cérebro: todos os ouvintes de uma vez, por alguma razão misteriosa, dirigiriam sua atenção para algum outro lugar e eu poderia segredar minha pergunta no ouvido de Rissen... Mas desde então eu sabia ser isso um sonho que não poderia se realizar, e ocorreu naturalmente que nem um único dos ouvintes, menos ainda todos de uma vez, afastou de Rissen seu olhar atento. Curiosamente, mesmo se tivesse oportunidade, eu nada teria a perguntar. Pouco me importava a Cidade Deserta, pouco me importavam as tradições dos lunáticos! Nenhuma Cidade Deserta era tão inacessível e tão segura como aquela para a qual eu me dirigia, que não estava a milhas de distância em rumo desconhecido, mas próxima, muito próxima. Linda ainda existia. Pelo menos ela ainda existia.

Rissen suspirou e fechou os olhos, mas abriu-os novamente.

– Eles pressentem! – murmurou, e seu sorriso brilhou mais e se tornou menos desamparado. – Eles têm medo, ficam na defensiva porque pressentem. Minha esposa pressente, quando não quer ouvir e faz com que eu fique quieto. Os participantes do curso pressentem, quando tomam o mais superior dos ares e me ridicularizam. Deve ter sido um deles que me denunciou, minha esposa ou um deles. Quem quer que tenha feito isso, *pressentiu*. Quando falo, eles ouvem a si mesmos. É a eles mesmos que temem, quando me movo e existo. Ah, se fosse possível encontrá-lo, o abismo verde, o indestrutível... E agora creio que existe. Certamente é a kallocaína, mas mesmo assim ainda me alegro... Por... poder acreditar nisso...

– Meu chefe – disse eu ao juiz, com uma voz que inutilmente tentava manter firme –, posso dar mais uma injeção? Ele está quase acordando.

Mas o juiz sacudiu a cabeça.

– Isso é o suficiente. O caso já está totalmente esclarecido. Então, conselheiros, estão de acordo comigo quanto a este caso?

Os conselheiros concordaram enfaticamente e se retiraram com o juiz para deliberar. No momento em que se abriu a porta da sala ao lado, ocorreu algo inesperado. Um jovem do curso de Rissen pulou de seu lugar no semicírculo, precipitou-se até o pódio onde eu tentava aliviar o mal-estar dos interrogados ao despertar, e apontou energicamente para os que saíam, fazendo-os parar.

– Fui eu que causei tudo isso! – gritou desesperado. – Fui eu que denunciei meu chefe Edo Rissen por caráter subversivo! Hoje pela manhã, a caminho do trabalho, pus minha denúncia na caixa do correio; quando cheguei, ele já estava preso! Mas todos aqui que o ouviram... Todos que o ouviram... Devem compreender...

Eu desci do pódio, aproximei-me do jovem e pus a mão sobre sua boca e sussurrei:

– Calma, você não vai ganhar nada com isso, vai acabar se prejudicando sem salvar ninguém. Outros também o denunciaram.

Em voz alta eu disse:

– Tais incidentes inoportunos de pessoas que perdem o equilíbrio não devem absolutamente ser permitidos durante o interrogatório. Você, cidadão-soldado no primeiro banco, poderia conseguir um copo d'água para este homem? Precisamos entender e desculpar a confusão de um jovem leal que se vê obrigado a denunciar seu chefe. Mas se acalme, você não precisa levar isso tão a sério. Não precisa se defender publicamente. Você está perfeitamente justificado.

Confuso, ele bebeu a água e me olhou espantado. Quando pareceu querer continuar falando, silenciei-o energicamente, com a promessa de falarmos após o final do interrogatório. Ele se sentou no banco mais próximo e fechou os olhos.

Quando voltei ao pódio, Rissen estava totalmente desperto. Estava calmo e olhava para um ponto indefinido à sua frente, sempre sorrindo para si mesmo em sua solidão, mas agora seu sorriso era amargo. Subitamente, ergueu-se da cadeira e deu alguns passos à frente. Eu não podia nem queria impedi-lo.

– Vocês me ouviram... – começou com uma voz que penetrava no mais distante canto, sem no entanto gritar, falando baixo e suavemente. Até o dia de minha morte não deixarei de ouvir o timbre e a intensidade de sua voz. Dois policiais que permaneciam no fundo da sala correram até ele, puseram-lhe uma mordaça e o conduziram de volta à cadeira. A sala se manteve em um silêncio mortal, até que finalmente o juiz, seguido pelos conselheiros, subiu compassadamente até o pódio e instalou-se em seu lugar para proferir a sentença. A sala toda se levantou. Também Rissen foi erguido pelos dois guardas.

– Um portador de germes pode ser desinfetado – disse o juiz em solene tom de comando. – Mas um indivíduo que por sua própria atitude, que por meio de seu próprio hálito, espalha descontentamento com todas as nossas instituições, pessimismo em relação ao futuro, derrotismo ante a tentativa de conquista de nosso país pelo Estado vizinho, esse indivíduo não pode ser desinfetado. Ele é pernicioso ao Estado em qualquer lugar ou trabalho em que se encontre e não pode ser posto fora de combate senão com a morte. Profiro esta sentença de acordo não apenas com a maioria, mas também com os melhores conselhos que recebi dos especialistas constituídos para este caso. Edo Rissen é condenado à morte.

A sentença foi recebida por um silêncio solene. O jovem, meu companheiro de delação, permanecia rígido em seu lugar, branco como um lençol. Rissen, ainda amordaçado, foi retirado. Eu estava junto à porta, quando esta se fechou depois que ele saiu. Sem saber como, eu o havia seguido passo a passo, tão longe quanto pude ir.

Quando olhei novamente a minha volta, o jovem havia desaparecido. Como era um dos participantes do curso, ainda seria possível encontrá-lo. Meus pensamentos remoíam mecanicamente algumas perguntas rotineiras: quem conduziria o curso de Rissen? Provavelmente algum dos alunos mais antigos. Quem dirigiria meu curso se eu me encarregasse do de Rissen? Sim, existia muita gente para ser aproveitada, embora um único participante apto. Logo o curso estaria finalmente concluído, podia-se então começar um novo... Era como o ruído de um moinho moendo o vazio. Eu estava em outro lugar, onde tudo era calmo e sombrio.

Quando voltei a minha própria sala de aula e deparei com um semicírculo de ouvintes, tão confuso como o que eu deixara, tive de pretextar um mal-estar qualquer e voltei para casa. Eu não podia mais representar a comédia.

Entrei no quarto dos pais, fechei a porta, deitei na cama e caí numa espécie de semitorpor. A lâmpada brilhava, o ventilador zumbia; do lado de fora eu ouvia os passos da empregada cumprindo suas tarefas. Ouvi a porta bater novamente quando ela saiu para apanhar as crianças. Depois ouvi as vozes e a algazarra de Maryl e Laila e as tentativas da empregada de aquietá-las. Ouvi o ruído do elevador da comida e o tilintar dos talheres. Mas não ouvi a voz de Linda, a única coisa que eu esperava.

Uma batida na porta me fez pular da cama. A empregada perguntou pela porta entreaberta:

– O senhor já quer a comida, meu chefe?

Alisei o cabelo e saí. Mas Linda não estava lá. A hora normal do jantar há muito já havia passado. Tentei inutilmente lembrar-me de algo que ela tivesse a fazer, ela costumava chegar em casa e comer primeiro, mas em atenção a Linda, não convinha demonstrar qualquer dúvida diante da empregada.

– Ah, sim – disse vacilante –, acho que ela disse que estaria fora hoje... Como sou muito distraído, esqueci totalmente do que se tratava.

As crianças foram se deitar e eu ainda fiquei esperando. A empregada se foi, mas Linda não chegava. Em meu nervosismo, levantei-me e chamei a Central de Acidentes, sem me preocupar com o que o porteiro pensasse. Durante o dia ocorrera uma série de acidentes na Cidade Química nº 4, alguns acidentes de tráfego em linhas que eu não conhecia e diversos sistemas de ventilação enguiçados, com dois casos fatais e alguns ainda não definidos, mas todos em distritos distantes do que Linda trabalhava.

O pior era que eu não podia sentar e ficar esperando. Em meu regimento havia uma festa à noite, à qual eu não poderia deixar de ir sem razões de força maior. Do meu trabalho eu não teria podido cuidar, mas me sentar e deixar que discursos, conferências e rufar de tambores atravessassem meus ouvidos, isso eu poderia aguentar. Se pelo menos soubesse onde Linda estava...

Ela falara em procurar pessoas. Ela queria encontrar outras que haviam atingido aquela solidariedade total. Mas ela sabia por acaso onde estavam essas pessoas? Por onde teria começado sua busca?

Ao chegar a hora, fui, mecanicamente, sem ao menos dar-me conta de que poderia me esquivar da festa.

Eu nunca mais veria Linda.

19

Era minha intenção ouvir a conferência, mas não foi fácil. Eu lutava internamente para me concentrar, e conseguira acompanhar aqui e ali algumas frases. Tanto quanto me lembro, o tema era o desenvolvimento da vida social desde o isolamento primitivo, quando os indivíduos, cada um constituindo um centro solitário, viviam em constante insegurança – insegurança diante das forças naturais e diante de outros centros solitários semelhantes – até a consolidação do Estado, que era o único sentido e justificava o indivíduo, oferecendo-lhe em troca uma segurança sem limites. Este era o fio condutor, mas maiores detalhes não consigo repetir, embora se referissem à vida. Mal eu me obrigava a prestar atenção, pensamentos sobre Linda e Rissen e sobre o novo mundo que existia e avançava me faziam esquecer de tudo a minha volta. Quando despertei das minhas elucubrações, mal conseguia permanecer calmo. Não só meu íntimo, como também meus nervos e músculos exigiam que eu saísse. Se não agisse imediatamente, poderia explodir a qualquer momento, ou pelo menos assim me parecia.

Por fim, corri para a saída em meio à conferência. O secretário de polícia mais próximo franziu o cenho em desaprovação, e o porteiro impediu a minha passagem com um olhar questionador. Não informei meu nome e mostrei minha licença de superfície como prova de identidade.

– Peço desculpas, cidadão-soldado, mas estou me sentindo terrivelmente mal. Acho que melhorarei se subir alguns minutos ao ar livre. Ando doente, tive de ficar hoje o dia todo de cama, nem pude trabalhar...

Ele anotou meu nome, o horário e liberou minha saída.

Tomei o elevador. Repeti meu pedido ao ascensorista, que também o anotou e me liberou.

Subi até o terraço.

No primeiro instante, não consegui perceber o que havia de diferente. Algo absolutamente estranho ocorria no terraço deserto. Fiquei aterrorizado sem saber por quê. Após alguns segundos, descobri o que me apavorava. Não ouvia o ruído de aviões que preenchia o ar dia e noite. Tudo era silêncio.

No interior dos prédios residenciais, na profundidade dos locais de trabalho, eu conhecera um relativo silêncio. Lá o ruído das linhas de metrô e dos aviões era absorvido por paredes e camadas de terra, e os ventiladores giravam com um sussurro suave e sonolento; um amortecimento de todos os sons, alívio e repouso, como quando sentimos o sono envolver-nos com seu manto e nos tornamos sós, pequenos, encolhidos. Mas o silêncio do terraço não se assemelhava a esse silêncio relativo. Não tinha limites.

Nas marchas noturnas e ao voltar para casas de festas e conferências, vi muitas vezes as estrelas brilharem entre as silhuetas móveis dos aviões, mas o que havia de mais nisso? Elas não brilhavam o suficiente para tornar supérflua a lanterna de bolso. Ouvi falar uma vez que elas eram sóis distantes, mas não consigo lembrar se a informação me causou alguma impressão marcante. Subitamente, vi no silêncio infinito o firmamento se estender de uma imensidão a outra e girar vertiginosamente pelos colossais espaços vazios entre as estrelas. Um nada incomensurável me fez perder o fôlego.

Então ouvi algo que já conhecia e vira os efeitos, mas que até então não tinha ouvido: o vento. Uma brisa noturna suave, que passava entre as paredes e movimentava lentamente os oleandros. E embora talvez envolvesse apenas alguns poucos distritos com seu suave murmúrio, eu, com toda a minha vontade, não podia me defender de uma poderosa fantasia, a de que a brisa era o alento dos espaços noturnos, que emanava da escuridão tão suave e naturalmente como o suspiro de uma criança que dorme. A noite respirava, a noite vivia, e tão longe quanto eu podia ver, as estrelas pulsavam como corações e enchiam o vácuo com ondas vibrantes de vida.

Quando voltei à consciência de mim mesmo, estava sentado no muro do terraço e tremia, não de frio, pois a noite era morna, quase quente, mas de uma forte comoção dos sentidos. O vento ainda soprava, embora mais suavemente, e vi que não nascia da escuridão dos espaços, mas de camadas de ar próximas da Terra. As estrelas ainda cintilavam da mesma forma, e lembrei-me de que suas pulsações de luz eram uma ilusão de óptica. Mas isso não significava nada. O que vi e ouvi poderia ter sido ilusão. No entanto tomara a forma de um outro universo, um universo interior – onde eu costumava encontrar uma carapaça seca e enrugada, que eu chamava de mim mesmo. Achei que havia roçado o abismo vivo pelo qual Rissen clamava e Linda sentira e vira. “Não sabe que aqui emerge a vida?”, dissera a mulher em meu sonho. Eu acreditava nela, e estava certo de que *tudo poderia acontecer.*

Eu não podia voltar à festa e à conferência. Para mim, agora era indiferente que alguém tivesse notado minha ausência. Toda a atividade formigante, que exatamente neste momento se manifestava em mil salas de festas e conferências nos subterrâneos da Cidade Química nº 4, pareceu-me distante e irreal. Eu não pertencia àquilo. Eu estava decidido a criar um novo mundo.

Eu queria voltar para casa, para Linda. E se ela não tivesse chegado? Se eu não a encontrasse? Então eu continuaria, iria até o jovem que denunciara Rissen, iria até a esposa de Rissen. Não sabia onde morava o jovem, mas o endereço do apartamento de Rissen eu tinha, ficava no distrito dos laboratórios, onde eu possuía licença e poderia ir e vir quanto quisesse. Ele havia dito: “Minha esposa pressente... minha esposa pode ter me denunciado.” Tivesse ela oferecido tão desesperada resistência como eu, então estava próxima de entender. Primeiro para casa, depois para ela. Não existiam mais dúvidas em mim. Eu estava decidido a criar um novo mundo.

Não se via ninguém. Tão imperceptivelmente quanto possível, galguei o baixo muro que separava o terraço da rua. No silêncio, meus passos ecoavam de modo estranho, mas não achei que despertariam a atenção de alguém, tampouco existia vivalma para me impedir. Como não havia aviões no céu, a luz das estrelas era suficiente para que eu encontrasse meu caminho, e não me preocupei em acender a lanterna de bolso. Embora eu andasse completamente só sobre a terra, debaixo das estrelas, tinha um estranho pressentimento de não estar sozinho. Assim como eu me dirigia ao desconhecido em busca do fundamento vivo e profundo do universo, também Linda talvez se dirigisse a algum lugar, a não sei quem. E não seria possível que exatamente agora um outro, nas mil cidades do Estado Mundial, também não estivesse a caminho, como nós, ou já tivesse talvez chegado? Não seria possível que milhões de seres estivessem a caminho, aberta ou ocultamente, voluntária ou involuntariamente – no imenso Estado Mundial, e, por que não, no Estado vizinho? Alguns dias atrás um tal pensamento ter-me-ia feito recuar, mas como se pode parar diante de uma fronteira, mesmo se a mil milhas de distância, quando sentimos que nossos impulsos nos conduzem ao coração do universo?

Ouvi a distância os passos do vigia do distrito em marcha rítmica, com rápidas pausas e um pequeno chiado cada vez que fazia meia-volta. Era curioso ouvir tais ruídos ao ar livre. O que realmente pensaria o vigia em sua solidão na noite silenciosa? E eu... o que eu pensava? Só agora me perguntava de onde vinha todo este silêncio.

Mas apenas por um momento. Eu não conseguia resolver esse enigma, e isso era indiferente para mim. Apenas minha missão era importante.

O sussurro distante começou a se tornar mais intenso e a crescer até um ruído de motores. As máquinas voadoras estavam ali novamente. Fora-se o silêncio anterior que tornava o ruído tão aterrorizante, ou talvez nunca tivera sido tão intenso antes, não sei. De qualquer forma, era tão ensurdecedor que tive de me proteger contra o muro até que meus tímpanos se adaptassem.

O firmamento inteiro se tornou pesado e escuro, mas havia uma abundância na escuridão diferente de tudo que eu já havia experimentado. Perto de mim, senti, mais do que vi, corpos sólidos preenchendo o espaço. Empunhei minha lanterna e direcionei-a à minha frente. Encontrei uma figura humana a meio metro de distância. Paraquedistas! Logo em seguida, pelo menos dez poderosos fachos de luz atingiram meu rosto e senti meus braços presos por mãos fortes.

Como eu nada mais podia supor senão que a Força Aérea tivesse treinamento noturno, gritei tão alto quanto pude, para me sobrepor ao ruído:

– Estou doente, estou indo para o metrô. Deixem-me!

Ou eles não ouviram ou tinham outras ordens, pois não me soltaram. Depois de me examinarem e desarmarem – eu portava o uniforme policial-militar em razão da festa –, fui fortemente amarrado e transportado numa espécie de triciclo, que alguns homens montaram com agilidade a partir de algumas peças leves, aparentemente concebidas para o transporte de prisioneiros.

Fui algemado com as mãos para trás, de forma não muito incômoda, mas sem possibilidade alguma de me mover, quando um dos soldados gritou algo para seu companheiro da frente e partiu rapidamente.

Supus que involuntariamente eu havia sido feito prisioneiro nos exercícios simulados da Força Aérea e percebi que só restava me resignar. De qualquer forma, cedo ou tarde eu chegaria aonde queria.

Por onde passávamos, o farol do veículo iluminava rapidamente um pequeno trecho do caminho à frente. Há pouco não se via nem se ouvia ser humano algum. Agora as ruas formigavam de gente, todas as praças e terraços, todos intensamente ocupados com um trabalho definido. Eu não podia deixar de admirar a organização deste gigantesco treinamento noturno. E quanto mais avançávamos, mais o trabalho progredia. Vi barreiras de arame farpado serem montadas (conseguiriam retirá-las até amanhã cedo, quando o povo se dirigisse ao trabalho?), vi longas mangueiras estendidas, recipientes os mais diversos sendo carregados para todos os lados, guardas vigiando as estações de metrô e os prédios residenciais. De vez em quando observava um triciclo carregando outro prisioneiro como eu, e perguntei-me aonde nos levariam.

Os triciclos pareciam reunir-se numa praça em frente à qual fora montada uma grande tenda, num terraço. Os prisioneiros levados para lá – uns vinte antes de mim – tinham as mãos livres, mas os pés amarrados, e foram conduzidos à tenda. Mal entrei, deparei-me com um prisioneiro que oferecia resistência e reclamava o tempo todo que ele, sendo vigia distrital, não poderia estar exposto a tais manobras. Quem cuidaria de suas obrigações em sua ausência? Como poderia justificá-la no dia seguinte ao seu chefe? O ruído dos motores era nitidamente mais fraco dentro da tenda – ela era provida de um poderoso sistema de isolamento acústico –, de modo que se podia ouvir perfeitamente o que ele dizia. Pensei comigo mesmo que os soldados que o cercavam podiam ao menos dar uma resposta a ele, quando subitamente ouvi dois outros soldados trocarem algumas palavras em um idioma totalmente estranho, do qual nada entendi. Não éramos vítimas de um exercício noturno. Éramos prisioneiros do inimigo.

Até hoje não sei como tudo se desenrolou. Pode-se imaginar que o inimigo, lenta e metodicamente, tenha substituído um a um os tripulantes da Força Aérea por espiões até ter todos os aviões sob o seu comando. Pode-se ainda imaginar um rastilho de revolta e traição, motivado por razões desconhecidas. As possibilidades eram muitas, todas fantásticas, e a única coisa certa era que não ocorrera luta aérea alguma, tampouco vi lutas em terra. O ataque fora muito bem planejado.

Os prisioneiros esperavam em filas num compartimento externo da tenda e eram conduzidos um a um ao interior. Lá estavam um militar de alto posto com alguns tradutores e secretários em torno de si. Interrogaram-me bruscamente em meu próprio idioma sobre meu nome, profissão e grau na vida militar e civil. Um dos presentes curvou-se e disse algo tão baixo que nada entendi, mas tive um sobressalto ao ver seu rosto. Não era um de meus alunos? Eu não estava totalmente certo. O chefe me olhou com interesse renovado.

– Então o senhor é um cientista químico? E fez uma importante descoberta? Deseja comprar sua vida com ela? Quer nos entregar sua descoberta?

Por muito tempo depois me perguntei por que havia respondido sim. Medo não era. Tive medo quase toda a minha vida, fui covarde – o que contém meu livro senão o relato da minha covardia? –, mas naquele momento eu nada temia. Em mim só havia lugar para uma decepção sem limites por não poder jamais chegar até aqueles que me esperavam. Tampouco me passava pela cabeça que minha vida valeria a pena ser salva em tais circunstâncias. Prisioneiro ou cadáver, pareciam ser exatamente a mesma coisa. Em ambos os casos, meu caminho até os outros estava interrompido. Quando percebi mais tarde que não fora minha descoberta que me salvara, que minha vida seria poupada de qualquer forma, que um grande número de prisioneiros era um valioso ganho para o Estado vizinho, pois a natalidade lá, tão reduzida quanto aqui, sofria as mesmas perdas com a Grande Guerra, não senti arrependimento algum, nada se modificou em minha posição. Entreguei minha descoberta simplesmente porque desejava que ela continuasse a existir. Se a Cidade Química nº 4 estivesse em ruínas, se todo o Estado Mundial se transformasse em um deserto de cinzas e pedras, eu queria pelo menos imaginar que em algum lugar, em outras terras e entre outros povos, uma nova Linda falaria, como a primeira, espontaneamente, e que um outro grupo de delatores aterrorizados ouviria um novo Rissen. Claro que isso era pura superstição, já que nada poderia ser repetido, mas eu não tinha escolha. Era minha única e tênue possibilidade de continuar do ponto onde eu tinha parado.

Como fui depois transportado para uma cidade estrangeira, para trabalhar sob vigilância em uma prisão-laboratório, já contei.

Contei também que os primeiros anos da minha prisão transcorreram cheios de angústia e dúvidas. Jamais consegui obter informações reais sobre o destino da Cidade Química, mas aos poucos descobri o plano seguido pelo inimigo. Consistia em inundar as ruas de gases e impedir a renovação de ar das partes subterrâneas da cidade, até que os habitantes em desespero subissem até as poucas saídas livres, um a um ou em pequenos grupos, e se entregassem ao poder inimigo. Até que ponto foram suficientes os reservatórios de oxigênio subterrâneo, e se a coragem dos habitantes foi tal que preferiram a morte à rendição, não sei. Era de se supor ainda que o cerco todo fracassara, e que esforços haviam chegado de outras regiões do Estado Mundial. Como já disse, jamais chegarei a saber. De qualquer forma, existia uma possibilidade de que Linda estivesse viva. Talvez até mesmo Rissen, caso não tivessem tido tempo de executá-lo. Sei que é uma fantasia improvável, e se quisesse interrogar minha razão, passaria o resto da vida em dúvida. Se não o faço é porque meu instinto de conservação me força a buscar conforto na ilusão. O próprio Rissen dissera antes de ser condenado: "Sei que o que sou leva a algum lugar." Não estou muito certo do que ele queria dizer. Mas me acontece muitas vezes, quando me sento em minha maca com os olhos fechados e vejo as estrelas cintilarem, ouvindo o vento sussurrar como naquela noite, e eu não posso, não consigo extirpar do meu ser a ilusão de que eu ainda, apesar de tudo, estou prestes a criar um mundo novo.

POSFÁCIO DO CENSOR

Em vista do conteúdo imoral do presente escrito, decidiu o Departamento de Censura juntar o mesmo aos manuscritos subversivos do Arquivo Secreto do Estado Universal. Por ele simplesmente não ter sido destruído deve-se o fato de que justamente este conteúdo imoral poderá ser utilizado por pesquisadores esclarecidos para o estudo da mentalidade dos seres que habitam o país contíguo ao nosso. O prisioneiro que concebeu o manuscrito e que continua trabalhando como químico sob vigilância – agora com mais rígido controle de como utiliza os papéis e canetas do Estado – é, em sua estranha e progressiva deslealdade, em sua covardia e superstição, um bom exemplo da decadência característica do país inferior que nos é vizinho, que não pode ser explicada senão por um ainda não pesquisado envenenamento interior hereditário e incurável do qual nossa nação felizmente está livre. E, se o referido envenenamento propagar-se além das fronteiras, deve ser inexoravelmente descoberto pelos mesmos meios que o dito prisioneiro ajudou a desenvolver. Recomendo, portanto, o mais alto cuidado aos que têm em mãos o empréstimo deste manuscrito, e aos usuários a máxima discriminação, como também a mais sólida esperança num futuro melhor e mais feliz no Estado Universal.

Hung Paipho
Censor

EXTRA

KALLOCAÍNA, UMA PROVÁVEL FONTE DE *1984*

"Hoje em dia, cada homem vivo é torturado, pelo destino dramático de sua época. E o criador mais que todos. Existem certos lábios e pontas de dedos sensíveis que sentem um formigamento ao aproximar da tempestade, como se fossem espetados por milhares de agulhas. Os lábios e pontas de dedos do criador são desse tipo. Quando o criador fala com tanta certeza da tempestade que pesa sobre nós, o que fala não é a sua imaginação, mas os lábios e as pontas dos dedos, que já começaram a receber as faíscas da tempestade. Nossa época há muito que penetrou na constelação da angústia."

Nikos Kazantzakis, em *Testamento para el Greco*

Há muito – estamos pensando na Grécia antiga – os pensadores procuraram fixar literariamente uma organização ideal da sociedade, um modelo de Estado, ou pelo menos um projeto de transformação dessa sociedade. De um lado, temos as utopias, desde a *República*, de Platão, até a *Utopia*, de Thomas Morus, ou *A Cidade do Sol*, de Campanella. Por outro, temos projetos de transformação social, cujos exemplos mais recentes encontramos em *Os sete loucos*, de Roberto Arlt, e *Casa de campo*, de José

Donoso. Mas em meio a projetos de Estado e projetos de transformação do Estado, floresceu um gênero sombrio, que se convencionou chamar de distopia. É a utopia às avessas, o mundo real projetado não para um futuro desejável, e sim para um futuro atroz e – o que é pior – cada vez mais próximo e inevitável.

O precursor desse gênero certamente foi Thomas Hobbes, com *Leviatã*, passando por Swift, com *As viagens de Gulliver*, a mais sarcástica catilinária até hoje já escrita contra o gênero humano e, fato curioso, universalmente adaptada para o consumo infantil. Após Swift, as distopias se multiplicam e, entre as muitas do século 20, temos *Nós* (1924), de Eugène Zamiatine; *Admirável mundo novo* (1931), de Aldous Huxley; *Kallocaína* (1940), de Karin Boye; *O zero e o infinito* (1946), de Arthur Koestler; *1984* (1948), de George Orwell, sem falar no atualíssimo *A saga do grande computador* (1966), de Olof Johanesson, pseudônimo literário de Hannes Alfvén, ganhador do prêmio Nobel de Física em 1970, que inaugura a entrada do computador nesta literatura de antecipação, com todas as suas consequências para o futuro da sociedade humana.

Interessam-nos no momento os romances de Zamiátin, Boye e Orwell. Pois se normalmente é possível ver em *Nós*, de Zamiátin, as influências que farão Orwell escrever *1984*, uma série de elementos comuns a *1984* e *Kallocaína* nos faz pensar que ou Orwell não ignorava a obra de Karin Boye ou Boye não ignorava a ficção de Zamiátin.

Por um erro de classificação, só recentemente foram descobertas nos arquivos da BBC mais de 250 cartas, adaptações radiofônicas de autores como Ignazio Silone, H. G. Wells, Anatole France e outros, além de 62 roteiros para rádio sobre a Segunda Guerra Mundial. Segundo as primeiras pesquisas, uma fábula de Silone parece ter inspirado *A revolução dos bichos*, enquanto outros escritos já prenunciam *1984*. As pesquisas futuras nos levarão, certamente, ao veio nórdico da obra maior de Orwell.

Enfim, se em *Martín Fierro*, clássico latino-americano, encontramos os vestígios de uma antiga saga nórdica, os *Eddas*, não nos surpreenderíamos de ver na obra de Orwell – homem atento a seu tempo – influências de uma contemporânea sua, que vivia o mesmo engajamento ideológico (Boye lutou pelo socialismo por meio do movimento Clarté, como também Orwell, na Espanha, nas brigadas do POUM) e sofria as mesmas preocupações. Tanto *Kallocaína* como *1984* são denúncias veementes dos totalitarismos emergentes na época.

O que é *1984*?

Estamos em uma sociedade que, em 1948, Orwell situará no futuro que já vivemos. O mundo está dividido em três grandes superpotências em guerra permanente: a Eurásia, região ocupada atualmente pela Rússia e Europa; a Lestásia, coincidindo com a China e o Japão; e a Oceania, incluindo a Grã-Bretanha, as três Américas e a Austrália. Há ainda um vago território em disputa, que inclui o Oriente Médio, a África e o Afeganistão.

A ação do romance transcorre em Londres, capital da Oceania. O personagem central é Winston Smith, funcionário do Ministério da Verdade, cuja função é criar e divulgar inverdades. Winston relaciona-se com Julia, "rebelde da cintura para baixo", o que, entre outras coisas, o levará à perdição, pois neste Estado não se admitem relações mais sólidas entre os cidadãos do que as relações entre o cidadão e o Estado. Há ainda Goldstein, de hipotética existência, membro de uma oposição subterrânea denominada Irmandade. Temos o Grande Irmão, de abstrata existência, tão abstrata que sequer talvez exista, ou pelo menos tenha deixado há muito de existir, mas que exige de todos amor e submissão. E temos o tecnocrata O'Brien, outro elemento importante, o mantenedor da Ordem, definida como eterna e imutável. Toda transformação, toda revolução, é impensável no universo orwelliano. A relação entre dominante e dominado se estabelece por meio da dor. Ouçamos O'Brien, enquanto tortura Winston:

> – O verdadeiro poder, o poder pelo qual temos que lutar noite e dia, não é o poder sobre as coisas, mas sobre os homens. – Ele parou e, por um momento, voltou a assumir o ar de professor que questiona um aluno promissor: – Como um homem impõe seu poder sobre outro, Winston?
>
> Winston pensou.
>
> – Fazendo-o sofrer – respondeu.
>
> – Exatamente. Fazendo-o sofrer. Obediência não é suficiente. A menos que esteja sofrendo, como é possível ter certeza de que ele está obedecendo à sua vontade e não à própria? O poder está em infligir dor e humilhação. O poder está em destruir as mentes humanas e recriá-las em novos formatos à sua escolha. Está começando a entender, então, que tipo de mundo estamos criando?

Às antigas civilizações fundadas no amor ou na Justiça, O'Brien contrapõe um mundo de medo, traição e tormento, onde o progresso será no sentido de maior dor.

> Já estamos eliminando os hábitos de pensamento anteriores à Revolução que sobreviveram. Cortamos os laços entre pai e filho, e entre homem e homem, e entre homem e mulher. Ninguém mais ousa confiar na esposa ou no filho ou no amigo. Mas, no futuro, não haverá esposas nem amigos. As crianças serão tiradas de suas mães ao nascerem, assim como se tiram os ovos das galinhas. O instinto sexual será erradicado. A procriação será uma formalidade anual, como renovar o cartão de ração. Aboliremos o orgasmo. Nossos neurologistas estão trabalhando nisso. Não haverá lealdade, a não ser a lealdade para com o Partido. Não haverá amor, a não ser o amor pelo Grande Irmão. Não haverá risada, a não ser a risada de triunfo sobre o inimigo derrotado. Não haverá arte, nem literatura, nem ciência. [...] Mas não se esqueça, Winston, de que sempre, sempre haverá a embriaguez pelo poder, aumentando constantemente e tornando-se constantemente mais sutil. Sempre, a todo momento, haverá a emoção da vitória, a sensação de pisotear um inimigo impotente. Se quiser uma imagem do futuro, imagine uma bota pisando em um rosto humano. Para sempre.

Para manter *ad aeternum* esse poder, os tecnocratas de Oceania utilizam instrumentos simples e eficazes, ao alcance de qualquer ditador contemporâneo:

- A vigilância permanente, por meio de um aparelho emissor-receptor de TV, o olho onipresente do Grande Irmão. Ligada vinte e quatro horas por dia, transmite o tempo todo propaganda estatal, enquanto vigia o espectador involuntário.
- A destruição do passado, mediante o recurso elementar de controlar o registro da História, reescrever documentos e jornais, eliminar qualquer possibilidade de memória.
- A criação de um novo vocabulário, a Novalíngua, ou melhor, a redução sistemática do acervo vocabular então existente. O discurso se reduz a slogans, o que permite dizer: guerra é paz, liberdade é escravidão, ignorância é força. As palavras se transformam em siglas: não temos mais socialismo inglês, mas Socing. A palavra é substituída por módulos.
- A aniquilação imediata, por meio de uma eficiente polícia política, de toda e qualquer oposição ao sistema.

O objetivo final desta filosofia é a eliminação total daquilo que se convencionou chamar de ser humano. "Se você é um homem, Winston, você é o último. Sua espécie está extinta; nós somos os herdeiros. Você entende que está sozinho? Você está fora da história, você é inexistente."

A princípio, *1984* tinha como título *O último homem da Europa*. (Como veremos adiante, também em *Kallocaína* temos uma vontade expressa de aniquilamento do assim chamado ser humano.) E Winston, ao final do processo a que O'Brien o submete, acaba por crer finalmente que dois mais dois são cinco – ou quatro, ou seis, enfim, o que o Estado determinar – e trai sua própria amante. A última expressão de individualidade é aniquilada no mundo irrespirável criado por Orwell.

Em *Kallocaína*, vivemos em uma sociedade indefinida no espaço e no tempo. Nós a intuímos no século 20 – o avião e o metrô já existem e os personagens falam de uma Grande Guerra –, mas Karin Boye não a situa geograficamente. Existe o Estado Mundial e as cidades não têm nome: temos assim as Cidades Químicas, as Cidades dos Calçados, as Cidades Têxteis, cada uma atendendo por um número. Além do Estado Mundial – o mundo teria sido dividido em dois depois da Grande Guerra –, há "os outros seres do outro lado da fronteira", o Estado vizinho, com o qual o Estado Mundial vive em guerra permanente.

Nessa sociedade sem classes, cujos habitantes são cidadãos e soldados ao mesmo tempo, o Estado oferece a cada um, recruta ou general, apartamentos padrão (um quarto para solteiros, dois para famílias) e uma alimentação comum distribuída pelas cozinhas centrais de cada prédio. Como vestes, o cidadão-soldado dispõe de três uniformes: um para o trabalho, outro para o serviço policial-militar e um terceiro para o tempo de lazer. Pobres não existem, nem ricos, consequentemente. Olhos e ouvidos eletrônicos da polícia vigiam o interior de cada apartamento, mesmo à noite, usando raios infravermelhos, em uma antecipação ao olho do Grande Irmão, na obra de Orwell.

Mais ainda: as empregadas são trocadas semanalmente e têm o dever de enviar à polícia um relatório após a prestação de serviço a uma família. Solicitações para visitas devem ser encaminhadas aos porteiros dos edifícios, que, por sua vez, as encaminham à polícia. Concedida a permissão, o porteiro controlará a identidade e o horário de entrada e saída do visitante. No metrô e nas ruas, cartazes advertem:

NINGUÉM PODE ESTAR SEGURO!

QUEM ESTÁ AO SEU LADO PODE SER UM SUBVERSIVO!

Nessa atmosfera já asfixiante, Leo Kall, cientista da Cidade Química nº 4, descobre a droga sonhada por todos os profissionais de informação: a kallocaína. Com apenas uma dose, sem tortura alguma, todo indivíduo que tenha ideias associais confessa alegremente e sem reservas sua culpa. Leo Kall – que acredita no Estado Mundial e nos princípios propagados por ele – tem consciência da importância de sua descoberta:

> Daqui em diante, criminoso algum negará a verdade. Nem nossos mais íntimos pensamentos são mais nossos, como até agora acreditávamos, erroneamente. [...] Isso, erroneamente. Dos pensamentos e sentimentos nascem as palavras e ações. Como poderiam então os pensamentos e sentimentos serem algo privado? O cidadão-soldado não pertence totalmente ao Estado? A que pertenceriam então seus pensamentos e sentimentos senão ao Estado? Até hoje só não foi possível controlar isso, mas agora o meio foi encontrado.

Quando alguém objeta ter sido devassado o último refúgio da vida privada, Leo argumenta:

– Mas *isso* não importa – respondi alegremente. – A coletividade está pronta para conquistar a última região em que as tendências associais antes podiam se esconder. Vejo agora claramente que a grande comunidade se aproxima de sua culminância.

Leo Kall recebe autorização para experimentar sua droga em membros do Serviço de Cobaias. No transcurso dos interrogatórios, acaba descobrindo uma seita misteriosa, sem nome nem chefes. Uma mulher, submetida à kallocaína, fala vagamente em "nosso objetivo".

– O objetivo de *vocês*? Mas quem são vocês? – perguntei.

Ele sacudiu a cabeça com um sorriso ingênuo e rápido.

– Não pergunte. Não temos nome, nem organização. Nós apenas existimos.

– Existem *como*? Como se chamam *nós*, se não têm nome nem organização? Quantos são vocês?

– Muitos, muitos. Mas eu não conheço todos. Já vi muitos, mas nem sei como se chamam. E por que precisaríamos saber? Sabemos que somos *nós*.

Mas nem Leo Kall nem o policial que o assistia nos interrogatórios conseguem extrair algo mais concreto da cobaia. Não planejavam revolução alguma, não aspiravam a postos nem ao poder. "Queremos ser... queremos nos tornar... uma outra coisa..." é a resposta mais objetiva que obtêm da mulher.

Ao desenrolar o fio da meada, mais confusos se tornam o cientista e o policial. As pessoas que formam a estranha seita não têm chefes, nem hierarquia. Reúnem-se na casa de um deles cumprindo um misterioso ritual. Não discutem coisa alguma e cumprimentam-se apertando as mãos. Um dos membros conta:

> Inacreditável! Algo necessariamente anti-higiênico e, além disso, tão íntimo que dá vergonha. Tocar no corpo de um outro, intencionalmente! Eles afirmavam se tratar de uma antiquíssima saudação que haviam retomado, mas ninguém precisava fazer aquilo, caso não quisesse. Ninguém era obrigado a nada. Mas no início eu senti medo deles. Nada é tão horrível como se sentar e ficar calado. Parece que todos ali penetram a gente. Como se estivesse nu, ou pior ainda: espiritualmente nu.

Já os iniciados celebravam um rito diferente. Apanha-se uma faca e alguém a entrega ao outro, deita numa cama e finge que dorme. Uma mulher faz uma descrição fantástica:

> – [...] Se alguém mais quer participar, tem lugar para ele fingir que dorme. Também é possível se sentar e apoiar a cabeça na cama. Ou na mesa ou em qualquer outra coisa. [...]
>
> – E qual é o sentido disso? – perguntou.

– Um sentido simbólico. Por meio da faca ele se entrega à violência do outro. E, no entanto, nada acontece a ele.

O cientista pensa se tratar de uma seita de lunáticos. Interrogando uma mulher sobre a organização, ouve uma resposta espantosa:

> Organização? Não buscamos organização alguma. O que é orgânico não precisa ser organizado. Vocês constroem de fora para dentro, nós construímos de dentro para fora. Vocês constroem utilizando a vocês mesmos como pedras, e acabam ruindo por dentro e por fora. Nós nos construímos desde dentro como árvores, e crescem pontes entre nós que não são de matéria morta ou força bruta. De nós emerge o vivo. Em vocês submerge o inanimado.

Após algumas reflexões, Leo Kall passa a considerar a seita extremamente subversiva. Sua defesa da filosofia do Estado Mundial ao chefe de polícia nos lembra o discurso de O'Brien:

> [...] relações pessoais mais sólidas que as relações normais com o Estado, é a isso que eles querem nos conduzir! À primeira vista, seus rituais parecem asneiras. Num segundo momento, evidenciam-se como absolutamente repulsivos. São amostras de uma confiança exagerada entre as pessoas, pelo menos entre algumas. E só isso já considero perigoso ao Estado. Os mais crédulos acabam, mais cedo ou mais tarde, como

seu herói Reor, assassinados por ladrões. E não é este o fundamento do Estado? Se existissem motivos para a confiança entre os homens, o Estado jamais teria sido erigido. O fundamento sólido e necessário da existência do Estado é a desconfiança mútua e profunda entre os homens. Quem nega esse fundamento nega o Estado.

Retomemos um trecho do discurso de O'Brien:

> Cortamos os laços entre pai e filho, e entre homem e homem, e entre homem e mulher. Ninguém mais ousa confiar na esposa ou no filho ou no amigo. Mas, no futuro, não haverá esposas nem amigos.

Estamos diante da aniquilação sistemática daquilo que se convencionou chamar de humanidade. O'Brien, ao reduzir Winston pela tortura a um farrapo, o faz olhar-se no espelho e o define como o último homem. O que em nada difere dos propósitos do cidadão-soldado Leo Kall:

> Ser humano! Um povo *místico* elaborou conceitos em torno dessa palavra! Como se houvesse algum valor em ser humano! Ser humano! Isso é apenas uma concepção biológica. Eis algo que precisamos abolir tão rapidamente quanto possível.

Como em *1984*, há um desejo manifesto de aniquilação do ser humano. Muitos são os pontos de encontro entre as duas obras. Neste rápido estudo comparativo, salientaremos apenas os mais evidentes: a vigilância contínua dos cidadãos pelo Estado; a ausência de arte; a constância dos duplos; uma fraternidade clandestina e paralela ao Estado; a existência de um mundo selvagem, não organizado, e por isso mesmo desejável; a desconfiança entre os homens como fundamento do Estado.

Na obra de Orwell, cada cidadão é vigiado permanentemente pelo olho televisivo do Grande Irmão. Em *Kallocaína*, essa função é desempenhada pela empregada, por olhos e ouvidos eletrônicos e, finalmente, pela própria substância criada por Leo Kall. Em *Nós*, as paredes dos edifícios são de vidro, pois afinal cada cidadão nada tem – ou não deve ter – a esconder do Estado. Há um desejo de transparência, por parte dos ideólogos dessas sociedades, de uma pureza visceral do ser humano.

Por outro lado, se o artista é aquele que – no dizer de Ernesto Sábato – sonha pela comunidade para que esta não enlouqueça, assalta-nos a pergunta: e como seria uma sociedade sem arte? A resposta nos é dada por Boye e Orwell: é o mundo asfixiante de suas obras. O livro que Leo Kall se propõe a escrever é por ele mesmo definido, já nas primeiras linhas, como um caminho em direção ao inútil. Na última página, sua obra traz o parecer da Censura, considerando-a subversiva e condenando-a às gavetas do Arquivo Secreto do Estado Mundial. Em *1984*, as manifestações artísticas são controladas pelo Estado, que mantém um corpo de técnicos encarregados de criar uma subliteratura inócua para consumo dos proletariados. Outros técnicos, por sua vez, são encarregados de fazer desaparecer palavras e, com elas, os conceitos que expressavam.

Nos dois romances – como também em *Nós* – há a ocorrência de duplos. Winston e O'Brien se confundem um com o outro, mesmo divergindo de opiniões, da mesma forma que Leo Kall e Edo Rissen. Esses personagens, ao apresentarem ao interlocutor suas razões para crer ou descrer no Estado, em verdade parecem estar fazendo um esforço tremendo para acreditar nas verdades que professam.

Em ambos os romances – como também no de Zamiátin –, suspeita-se da existência de uma sociedade paralela. Em *1984*, temos a Irmandade, que tem em Goldstein seu líder, assim como os "lunáticos" de *Kallocaína* têm como inspirador um certo Reor. Já ouvimos o depoimento de um dos membros dessa seita sem nome, quando submetido à droga descoberta por Leo Kall. Ouçamos agora O'Brien falando a Winston:

> Vocês devem ter ouvido boatos sobre a existência da Irmandade. Sem dúvida formaram a sua própria imagem dela. Provavelmente imaginaram um enorme submundo de conspiradores encontrando-se secretamente em porões, rabiscando mensagens nas paredes, reconhecendo uns aos outros por meio de senhas ou gestos especiais das mãos. Não existe nada desse tipo. Os membros da Irmandade não têm uma maneira de reconhecer uns aos outros e é impossível para qualquer membro saber da identidade de mais do que alguns de nós. O próprio Goldstein, se caísse nas mãos da Polícia do Pensamento, não poderia dar uma lista completa dos membros ou nenhuma informação que os levasse a uma lista completa. Essa lista não existe. A

Irmandade não pode ser eliminada porque não é uma organização no sentido comum. Nada a mantém unida, a não ser uma ideia que é indestrutível.

Em ambos os livros, os personagens veem em sonhos um mundo primevo, intocado pelo homem, verde e selvagem. Em *1984* é a Terra Dourada, onde há riachos com espraiados verdes, peixes nadando nas lagoas, sob os chorões, abanando a cauda. Em *Kallocaína* há a Cidade Deserta, de hipotética existência, e crer nela é sacrilégio. Vejamos um dos sonhos de Leo Kall:

> Ouvi então sons misteriosos de vozes mais adiante. Lá estava aberta a porta semidestruída de um porão, revestida por trepadeiras verdes em ambos os lados. Não a havia observado antes, e, em minha angústia, suava frio ao notar o verde viver sua vida tão próximo a mim. Alguém subia os degraus rachados e gastos de pedra, emergindo na luz e acenando para eu entrar. Não lembro mais como cheguei até a porta, talvez tenha pulado como um animal sobre as pedras perigosas. Seja como for, entrei em uma câmara sem teto, em ruínas, onde penetrava o sol, e grama e flores pairavam sobre a minha cabeça. Jamais um aposento com teto e paredes destruídos me parecera um refúgio tão seguro. Do tapete de grama emanava um odor de sol e terra, e cálida despreocupação, então percebi que as vozes, embora distantes, cantavam. A mulher que me acenara antes estava lá e nos abraçamos. Eu estava salvo e queria dormir de cansaço e alívio. Tornara-se totalmente desnecessário que continuasse a percorrer a rua. Ela disse: "Você fica comigo." "Fico, deixe

que eu fique!", respondi, sentindo-me livre de todas as preocupações, como uma criança. Quando me inclinei para ver o que molhava meus pés, percebi que do chão de terra brotava uma fonte clara, e isso me inundou de uma indescritível gratidão. "Não sabe que daqui emerge a vida?", perguntou a mulher. Ao mesmo tempo, eu estava ciente de que isso não passava de um sonho do qual despertaria, e busquei uma forma de guardá-lo – tão furiosamente que o coração começou a pulsar com violência e acordei.

Desejo de evasão, de fuga da cidade e do mundo estupidamente racional em que se vive. Todo pensamento utópico implica uma repulsa, uma não aceitação das regras sociais vigentes, e criações literárias como essas nos esclarecem, melhor do que filosofias e teorias comportamentais, a proliferação de seitas e comunidades nos dias de hoje. Como dizia a cobaia de Leo Kall, queremos ser uma outra coisa...

E, finalmente, a constatação de ambos os autores de que a desconfiança entre os seres humanos é a base do Estado. Este parece ser um dos aspectos mais profundos dessas duas obras-primas, a proposta mais subversiva e vivificadora de Boye e Orwell. Os poderosos sabem que só podem reinar dividindo, e todo homem sensível sabe que só pode escapar ao poder unindo-se a seus irmãos. As instituições que querem afastar um homem do outro estão aí, são as igrejas e os Estados fundamentados em religiões ou filosofias totalitárias, com suas proibições e dogmas. Felizmente, também estão aí os que buscam aproximar os seres humanos, os escritores com suas dúvidas. Escreve Karin Boye:

> Gostaria de acreditar na existência de um abismo verde no ser humano, um mar de seiva intacta, que funda todos os restos mortais em seu colossal reservatório e os purifique e recrie eternamente... Mas eu não vi isso. O que sei é que pais doentes e professores doentes educam crianças ainda mais doentes, até que a doença se torna normal, e a saúde, um pesadelo. De seres solitários nascem outros mais solitários ainda, de temerosos, outros mais temerosos... Onde poderia um último resquício de saúde ter ido se esconder para crescer e perfurar a carapaça? Aqueles pobres homens, que chamamos de lunáticos, brincam com seus símbolos. Algo deve ter existido...

Todos esses pontos comuns entre os dois romances nos levam a crer, como afirmei no início, uma possível leitura de *Kallocaína* por Orwell. Que poderia também simplesmente não ter ocorrido, pois os dedos sensíveis de Orwell e Boye estavam apenas captando as chispas de uma tempestade que se aproximava. Margit Abenius nos conta que num debate sobre *Kallocaína*, Boye disse a Harry Martinson: "Eu tenho medo." E quando sua mãe comentou que ela havia feito um bom livro, ou algo semelhante, Karin Boye respondeu com uma pergunta: Você acha que fui *eu* quem o fez?

Janer Cristaldo

Referências:

ABENIUS, Margit. *Drabbad av renhet*. Estocolmo: Albert Bonniers Förlag, 1950.

CRICK, Bernard. *George Orwell, une vie*. Tradução Jean Clem. Paris: Balland, 1982.

ORWELL, George. *1984*. Tradução Aline Sorto Pereira. São Paulo: Aleph, 2021.

ZAMIÁTIN, Ievguêni. *Nós*. Tradução Gabriela Soares. São Paulo: Aleph, 2017.

SOBRE A AUTORA

Karin Boye nasceu na Suécia em 1900. Reverenciada como grande nome da literatura, em especial por conta de coletâneas de poesia, ganhou notoriedade internacional ao publicar *Kallocaína*, em 1940. Sua distopia original foi nomeada retroativamente ao prêmio Hugo na categoria de melhor romance em 1941. Tradutora, escritora e poeta, Boye é um dos principais expoentes do modernismo sueco, e em sua obra expressa um desejo marcante por liberdade.

TIPOGRAFIA: Media 77 - texto
Druk - entretítulos
PAPEL (capa dura): Pólen Natural 70 g/m² - miolo
Couché 150 g/m² - capa
Offset 150 g/m² - guardas
PAPEL (brochura): Pólen Natural 70 g/m² - miolo
Cartão Supremo 250 g/m² - capa

IMPRESSÃO: Ipsis Gráfica
Abril/2024